N&K

Andrea Camilleri

DIE VERLOCKUNG

Roman

Aus dem Italienischen von
Karin Krieger

Nagel & Kimche

Titel der Originalausgabe: *La relazione*

1 2 3 4 5 20 19 18 17 16

Herstellung: Rainald Schwarz
Satz: Satz für Satz
Druck und Bindung: CPI books GmbH
ISBN 978-3-312-00996-1
Printed in Germany

DIE VERLOCKUNG

Eins

Mauro hat müde Augen. Er löst den Blick vom Bildschirm, es ist kurz vor halb acht, seit drei Uhr nachmittags sitzt er nun schon unentwegt am Computer, schreibt, löscht, schreibt neu, schreibt um, durchdenkt jedes Wort, jedes Adjektiv. Um nicht gestört zu werden, hat er sich einen Lärmschutz eingerichtet, er hat den Festnetzstecker gezogen und sein Handy abgeschaltet. Ja, er hat sogar die Vorhänge ein wenig zugezogen und knipst nun mit der Absicht, noch ein halbes Stündchen weiterzuarbeiten, die Tischlampe an. Den letzten Satz, den er geschrieben hat, liest er noch einmal durch. Er funktioniert nicht, zu umständlich, zu lang, es wird besser sein, zwei daraus zu machen.

Das Klingeln ist so kurz gewesen, dass Mauro sich nicht sicher ist, ob es wirklich geläutet hat. Eine Weile verharrt er mit aufgerichtetem Oberkörper und erhobenem Kopf in Erwartung eines zweiten, bestätigenden Klingelns, das jedoch ausbleibt. Als er sich anschickt weiterzulesen, ertönt das Geräusch erneut. Kurz wie das erste, als sei die Person an der Tür von dem, was sie da tut, selbst eingeschüchtert. Diesmal steht Mauro auf, verlässt sein Arbeitszimmer, geht durch den Flur, macht Licht in der Diele und öffnet die Tür. Er rechnet fest damit, die alte Baronessa aus dem oberen Stockwerk vor sich zu sehen, die gekommen ist, um ihre Einladung zum Abendessen zu erneuern. Doch die Frau, die geklingelt hat und ihn nun anlächelt, ist etwa dreißig, hochgewachsen, blond, elegant und vor allem umwerfend schön.

«Da bin ich», sagt sie. «Pünktlich auf die Minute.»

Mauro ist wie vom Donner gerührt, die junge Frau ist ihm vollkommen unbekannt. Nie gesehen, da ist er sich sicher. Unmöglich, so eine Frau zu vergessen, selbst wenn man ihr nur ein einziges Mal begegnet sein sollte. Sie kann auch keine der wenigen Freundinnen seiner Frau sein, denn die kennt er alle.

«Wollen Sie mich nicht reinlassen?», fragt die Blondine, wobei sie einen kleinen Schritt nach vorn macht und ihr Lächeln verstärkt.

Mauro fällt ihr Parfüm auf. Leicht, doch einschmeichelnd.

«Das muss ein Irrtum sein», sagt er schroff, ohne seinen Blick von ihren Augen lösen zu können, zwei ungetrübte, hellblaue Seen.

Das Lächeln der Frau erlischt sofort, an seine Stelle tritt ein Ausdruck der Verblüffung. In ihrer Stimme schwingt ein alarmierter Unterton. «Haben Sie denn nicht bei der Agentur angerufen?»

«Ich habe nirgendwo angerufen.»

Die Augen der jungen Frau werden argwöhnisch. «Sie haben es sich nicht zufällig anders überlegt und …»

Was sollte er sich anders überlegt haben? «Ich weiß nicht, wovon Sie reden», sagt er gereizt.

«Dann habe ich mich geirrt, bitte entschuldigen Sie.»

Entschlossen dreht sie sich um, überquert den Treppenabsatz und geht die Stufen hinunter.

Erst als sie verschwunden ist, schließt Mauro die Tür. Er kann nicht anders, als ihr versonnen nachzuschauen.

Zehn Minuten, nachdem er sich erneut an den Schreibtisch gesetzt hat, muss er sich eingestehen, dass er an diesem Nachmittag wohl kaum noch weiterarbeiten kann, der Faden der komplexen Beweisführung, den er gerade spinnt, ist durch das unverhoffte Eindringen der Unbekannten zerrissen. Es wird Zeit, sich wieder mit der Welt zu verbinden. Er schaltet die beiden Computer aus, stöpselt den Telefonstecker in die Dose und schaltet sein Handy wieder ein.

Dann habe ich mich geirrt, bitte entschuldigen Sie.

Moment mal. Was soll das heißen, sie hat sich geirrt? Oder vielmehr: Wie will sie das denn gemacht haben?

Er, Mauro Assante, wohnt mit seiner Frau Muttina und seinem Sohn Stefano im ersten Stock einer noch verbliebenen Jugendstilvilla im römischen Stadtteil Prati. Im Erdgeschoss wohnt Colonnello Germani von den Carabinieri mit seiner Frau und seiner achtzehnjährigen Tochter, im zweiten und obersten Stockwerk der achtzig Jahre alte Barone Ardigò mit seiner Frau Margherita. Das Haus hat keinen Portier, es obliegt Colonnello Germani, morgens um sieben die Haustür aufzuschließen und sie abends um acht wieder zu verschließen. Draußen am Portal gibt es eine Sprechanlage mit den Namen der Mieter. Unwahrscheinlich, dass die Unbekannte von Germani oder Ardigò angerufen wurde. Also kann sie sich nicht im Namen oder im Stockwerk geirrt haben, sondern wohl eher in der Hausnummer, obwohl es genügt hätte, ihr die Villa zu beschreiben, um eine solche Verwechslung auszuschließen.

Plötzlich überfällt ihn ein unwiderstehliches Bedürfnis zu rauchen. Er hat vor fünf Jahren aufgehört, warum also nun dieses unsinnige Verlangen? Er weiß, dass er im zweiten Schubfach seines Schreibtischs eine ungeöffnete Schachtel Zigaretten hat. Er nimmt sie heraus, legt sie vor sich hin, sieht sie an. RAUCHEN TÖTET. Er muss lächeln. Diese Drohung ließe sich leicht ins Gegenteil verkehren. RAUCHEN TÖTET DIE LANGEWEILE. Er zerreißt die Zellophanhülle, öffnet die Schachtel, nimmt eine Zigarette heraus, steckt sie sich zwischen die Lippen, kann sie aber nicht anzünden, da weder Feuerzeug noch Streichhölzer in greifbarer Nähe sind. Ihm fällt ein, dass er irgendwo welche gesehen hat, doch er hat keine Lust aufzustehen. Wenn Muttina ihn so sehen könnte! Ach ja, Muttina. Vielleicht liegt die Erklärung für sein Unbehagen ja darin, dass er zum ersten Mal in ihren sieben Ehejahren längere Zeit von ihr getrennt ist. Stefanos Kinderarzt hatte erklärt, Bergluft sei für das Kind das Beste, und das hat sich Muttina nicht zweimal sagen lassen. Am ersten Juni ist sie mit Stefano zu ihren Eltern in ihr trientinisches Heimatdorf gefahren, wo sie mindestens drei Monate bleiben will. Mauro wird dann die Augustferien mit ihnen verbringen.

Obwohl nun schon zwei Wochen um sind, kommt Mauro als Strohwitwer noch immer nicht zurecht. Wäre er nicht so organisiert und ordentlich, ließe sich dieser Wechsel seines Lebensrhythmus leichter ertragen. Zwar nimmt ihn seine Arbeit sehr in Anspruch, sowohl im Büro als auch zu Hause, doch die Gestaltung der Abendstunden ist ein echtes Problem. Muttinas Freundinnen haben sich mit ihren Einladungen fast überschlagen, doch ihm war nicht danach, allein zu ihnen zu gehen. Denn bei solchen Abendessen, bei solchen Treffen, das wird ihm erst jetzt bewusst, ist es immer Muttina gewesen, die ihn in die Unterhaltung mit einbezogen hat, andernfalls wäre er stumm wie ein Fisch geblieben. Nicht aus Schüchternheit, sondern wegen seiner angeborenen Unfähigkeit, sich anderen gegenüber vollkommen zu öffnen. Schon beim ersten Mal, da Muttina ein paar Worte mit ihm gewechselt hatte, fand sie auf wundersame Weise den richtigen Schlüssel, um ihn aus seinem Panzer zu befreien. Wäre er, mit damals schon gut vierzig Jahren, ihr nicht begegnet, hätte er garantiert nie geheiratet und wäre auch nie in den Genuss gekommen, ein Kind zu haben.

Er nimmt die Zigarette von den Lippen, steckt sie zurück in die Schachtel und verstaut sie wieder im Schubfach.

Das Klingeln schreckt ihn auf. Für einen kurzen Augenblick kommt ihm die Unbekannte in den Sinn. Eine minimale Veränderung des Herzschlags. Er geht zur Tür. Baronessa Margherita Ardigò mustert ihn gebieterisch.

«Wenn Sie in zehn Minuten nicht zum Essen heraufkommen, rede ich nie wieder ein Wort mit Ihnen.»

Muttina hat ihn der Baronessa ans Herz gelegt, und diese nimmt die ihr übertragene Aufgabe sehr ernst. Er kann sich nicht entziehen. Die Einladung ein drittes Mal abzulehnen, wäre ein ungerechtfertigter Affront.

Außer Mauro ist noch ein weiterer Gast anwesend, Giorgio, der heißgeliebte Neffe der Baronessa. Über ihn weiß Mauro nur, dass er etwa dreißig und unverheiratet ist, ein Lebemann, der sündhaft teure Autos liebt und sich mit lässiger Eleganz kleidet. Wo er arbeitet, was er so treibt – ein Rätsel. Nach Muttinas Überzeugung muss Giorgio ein Gigolo sein oder doch etwas in der Art, er besuche seine Tante nur deshalb so oft, weil sie ganz vernarrt in ihn sei und sich nur zu gern das Geld aus der Tasche ziehen lasse. Zum Glück ist er an diesem Abend auch da und bestreitet die ganze Unterhaltung, denn sonst hätte Mauro in einem fort die langweiligen Monologe der Baronessa über sich ergehen lassen müssen, da ihr Mann, der Barone, der stocktaub und nicht ganz bei sich ist, es vorzieht, in Schweigen zu verharren. Giorgio erzählt gerade von einer Reise nach Berlin, wo er kürzlich in Geschäften unterwegs war, Geschäften, die er nicht näher benennt, als ihn die Baronessa unterbricht: «Warst du allein dort?»

Ebenfalls nach Muttinas Überzeugung verlangt die Tante für ihre üppigen Zuwendungen von Giorgio eine haarkleine Schilderung seiner Liebesaffären.

«Na, und ob!»

«Das glaube ich dir nicht.»

«Das solltest du aber, ich bin allein gefahren, weil ich mir sicher war, dort Gesellschaft zu finden.»

«Und hast du sie gefunden?»

«Klar doch. Schon am ersten Abend wurde mir ein Mädchen vorgestellt, das mich während meines ganzen Aufenthalts begleiten sollte.»

«War sie eine Firmenangestellte?»

«Aber nicht doch, Tantchen! Solche Mädchen machen das professionell. Die sehen nicht nur gut aus, die haben auch was im Kopf. Meine konnte Italienisch, Englisch und Französisch.»

«Begleiten sie dich auch ins Bett?»

«Nur wenn sie wollen, sie sind nicht dazu verpflichtet, solche Dienste stehen nicht im Vertrag.»

«Nur damit ich das richtig verstehe», schaltet sich Mauro ein. «Sie hatten einen Vertrag mit dem Mädchen?»

Giorgio lacht. «Ich nicht, aber die, die sie für mich engagiert haben, wohl schon. Vielleicht war das kein richtiger Vertrag, aber irgendeine Abmachung bestimmt.»

«Mit dem Mädchen?»

«Nein, nicht mit ihr, sondern mit der Agentur, für die sie arbeitet.»

«Gibt es solche Agenturen auch in Italien?»

«Aber sicher.»

Haben Sie denn nicht bei der Agentur angerufen?

Das Essen hat sich nicht weit in den Abend hineingezogen, da die Baronessa für gewöhnlich früh zu Bett geht und ihre Gäste um halb zehn fortgeschickt hat. Giorgio ist förmlich davongeschnellt und mit dem Handy fest am Ohr immer gleich zwei Treppenstufen auf einmal hinuntergesprungen. Kaum ist Mauro zurück in seiner Wohnung, klingelt das Telefon. Es ist Muttina.

«Warst du zum Essen bei Margherita?»

«Ja.»

«Sehr schön. Und, war es langweilig?»

«Viel weniger als befürchtet. Zum Glück war Giorgio auch da. Und wie geht es Stefi?»

«Prächtig. Er hat einen gesunden Appetit. Heute war er lange mit seinem Großvater draußen, er ist gerade wie tot ins Bett gefallen. Und wie geht's dir?»

«Ich war heute Nachmittag nicht noch mal im Büro, ich habe hier gearbeitet. Ach, übrigens, mir ist heute was Komisches passiert.» Er erzählt ihr von der Unbekannten.

Muttina lacht.

«Was ist denn so lustig daran?»

«Ich stelle mir gerade das Gesicht vor, das du gemacht hast.» Pause. Dann: «Die Situation war ja, sozusagen, klassisch.»

«Das verstehe ich nicht.»

«Die Frau ist im Urlaub, die Bedürfnisse des verflixten siebten Jahres …»

Jetzt lacht Mauro. «Willst du damit sagen, ich hätte die Gelegenheit beim Schopf ergreifen sollen? Na, beim nächsten Mal …»

«Es wird kein nächstes Mal geben.»

«Wieso nicht?»

«Weil das ein Zufall war. So was passiert einem nicht zweimal, unmöglich.»

«Schade eigentlich.»

Sie plaudern noch einige Minuten, dann sagen sie sich gute Nacht.

Mauro hat noch keine Lust, schlafen zu gehen. Und er hat auch keine Lust, diesen Abend wie die vorangegangenen damit zu verbringen, einen zerstreuten Blick mal auf den Fernseher und mal auf die Schlagzeilen der Zeitungen zu werfen. Zur Abwechslung könnte er sich einen Roman aus Muttinas Bücherschrank holen, sie hat jede Menge davon, doch Romane langweilen ihn. Was tun? Er geht ins Wohnzimmer, macht das Fenster weit auf und sieht hinaus. Dieser römische Abend ist warm und einladend, direkt schon sommerlich. Nach einem Spaziergang würde er bestimmt gut schlafen. Warum eigentlich nicht? Zehn Minuten später passiert er das Eingangstor und nimmt Kurs auf die Straße am Tiber. Es herrscht viel Verkehr, besonders an der Brücke staut es sich, und er muss sich mühsam zwischen den Autos hindurchschlängeln. Er schwitzt. Und wenn er das Jackett ausziehen würde? Noch nie ist er in Hemdsärmeln aus dem Haus gegangen, das kam ihm immer etwas ordinär vor. Doch heute zieht er es aus und legt es sich über den Arm. Ja, mehr noch, er lockert seine Krawatte und öffnet den obersten Hemdknopf. Vor ihm liegt die Piazza del Popolo, bevölkert mit Leuten, die spazieren gehen, diskutieren, singen. Er geht auf eines von zwei einander gegenüberliegenden Cafés zu. Die Tische draußen sind alle besetzt. Doch im zweiten Café findet er noch einen Platz im Freien. Er setzt sich.

Zu seiner eigenen Überraschung verlangt er einen Pfefferminzlikör auf Eis. Seit seiner Jugend hat er so was nicht mehr getrunken, und er hat nicht die leiseste Ahnung, warum er den jetzt bestellt hat. Sein Tisch steht direkt an der Bordsteinkante, auf der anderen Straßenseite ist ein Taxistand mit mehreren Wagen.

Aus den Augenwinkeln beobachtet er ein junges Paar am Nachbartisch. Es ist unübersehbar, dass die beiden sich zwar leise, doch heftig streiten. Angestrengt horcht er auf das, was sie sagen, doch ringsumher ist es zu laut. Der Kellner bringt ihm seinen Drink. Er nippt daran und verzieht das Gesicht. Viel zu süß.

«Verpiss dich, du Mistkerl!»

Das kam von dem jungen Mädchen, das aufgesprungen ist und nun davonläuft. Ihr Begleiter kramt in seinen Taschen, wirft einen Geldschein auf das Tablett und setzt zur Verfolgung an.

Mauros zerstreuter Blick fällt auf die Taxireihe. Ein Pärchen, das ihm den Rücken zuwendet, hat gerade den ersten Wagen erreicht. Der etwa fünfzigjährige Mann, hochgewachsen und stattlich, hält seiner Begleiterin die Tür auf. Als sie in ihrem langen Abendkleid einsteigt, zeigt sie für einen kurzen Augenblick ihr Profil. Mauro erstarrt auf seinem Platz. Das ist die Unbekannte! Der Mann schließt die Autotür. Mauro kann das Profil der Frau noch immer gut erkennen, weil das Fenster heruntergelassen ist. Allmählich und mit einer unerklärlichen Enttäuschung wird ihm klar, dass sie nicht die Unbekannte ist, sondern eine Frau, die ihr zum Verwechseln ähnlich sieht. Nun ist auch der Mann eingestiegen, das Taxi fährt an.

Mauro möchte jetzt nur noch weg, so weit wie möglich. Er zahlt, steht auf, stellt aber überrascht fest, dass seine Beine ihm nicht gehorchen, zu Fuß wird er es nicht nach Hause schaffen. Er nimmt sich ein Taxi.

In seiner Wohnung, im Schutz der eigenen vier Wände, legt sich seine unerklärliche Nervosität. Er will nicht über die Wirkung nachdenken, die der Anblick der der Unbekannten so ähnlichen Frau auf ihn gehabt hat, er will nur schlafen.

Zwei

Nur an Regentagen fährt Mauro mit dem Auto in sein Büro in der Via Nazionale, ansonsten nimmt er die öffentlichen Verkehrsmittel. Sobald er aus der Tür ist, wechselt er für gewöhnlich auf den gegenüberliegenden Gehsteig, weil sich dort ganz in der Nähe der Kiosk befindet, an dem er immer die gleichen zwei Zeitungen kauft. An diesem Morgen muss er beim Überqueren der Straße abrupt anhalten, um nicht von einem Auto überfahren zu werden, das von links angerast kommt. Der Wagen streift jedoch einen entgegenkommenden Motorroller mit einem schnauzbärtigen Lockenkopf darauf, bringt ihn aus dem Gleichgewicht, so dass er stürzt, und fährt weiter. Mauro eilt dem Mann zu Hilfe, der schon wieder aufsteht.

«Haben Sie sich weh getan?»

«Einen Scheiß hab ich», sagt der Mann nervös, steigt wieder auf und fährt davon.

Je schlimmer die Krise wird, desto mehr liegen bei allen die Nerven blank, denkt Mauro. Der tut ja gerade so, als hätte ich ihn angefahren.

Wenig später, auf dem Weg zur Bushaltestelle, bleibt er kurz vor dem Schaufenster eines Schuhgeschäfts stehen, er braucht ein Paar Sommerschuhe. Da sieht er im Spiegel der Scheibe, wie der schnauzbärtige Lockenkopf auf seinem Motorroller langsam hinter ihm vorbeifährt. Und in seine Richtung schaut. Der ist ja wohl nicht ganz bei Trost! Will er testen, ob er noch sauer auf ihn ist?

Ein diskretes Klopfen, dann wird die Tür seines Büros geöffnet, und eine Stimme sagt: «Gestatten Sie?»

Mauro kennt sie, es ist die von Biraghi, dem leitenden Inspektor. Er ist etwas verwundert, denn Biraghi verlässt seinen Sessel nur selten, um die Büros der anderen aufzusuchen. Mauro steht auf und geht ihm entgegen. Sie schütteln sich die Hand. Biraghi schließt die Tür sorgfältig hinter sich. Sie setzen sich auf die kleine Eckcouch.

«Was macht die Familie, alles in Ordnung?»

«Alles in Ordnung, danke.»

«Haben Sie schon mit dem Bericht angefangen?»

«Vor drei Tagen, ja.»

«Wird es keine Verzögerungen geben?»

«Warum sollte es welche geben?»

«So was kann ja passieren.»

«Das wird nicht passieren.»

«Umso besser. Ich wollte Ihnen neulich nicht das Gefühl geben, dass ich ungeduldig darauf warte zu erfahren ... Nun, es hat keine Eile. Falls Sie noch eine weitere Prüfung benötigen, dann führen Sie sie durch, lassen Sie sich alle Zeit, die Sie brauchen.»

«Danke.»

Mauro hält den Besuch für beendet und will schon aufstehen, doch Biraghi bleibt sitzen.

«Gestern Abend war ich bei Freunden eingeladen», sagt er nach einer winzigen Pause. «De Simone war auch dort.»

«Der Staatssekretär?»

«Ja. Er war in Begleitung von Senator Fondi, seinem Parteifreund.» Er holt kurz Luft und fährt fort. «Ich will ja nichts argwöhnen, doch ich hatte den unangenehmen Eindruck, in eine Art Hinterhalt geraten zu sein.»

«Das verstehe ich nicht.»

«Ich hatte das Gefühl, meine Einladung zu diesem Abend ist auf Betreiben von De Simone und Fondi zustande gekommen.»

«Wozu denn?»

«Um mir, wenn auch verklausuliert und durch die Blume, einen Tipp zu geben.»

«Entschuldigung, aber …»

«Die beiden waren gut aufeinander eingespielt und warfen sich die Bälle in einem Schwall von Worten zu, aus dem immer wieder ein Grundgedanke auftauchte, nämlich der, dass alle, die die Aufgabe haben, für die Einhaltung der Gesetze zu sorgen, auch die Pflicht hätten, dabei die möglichen politischen und sozialen Auswirkungen ihres Handelns genauestens im Blick zu behalten.»

«Was im Klartext heißt: Passt auf, wie ihr mit der Banca Santamaria umgeht?», fragte Mauro spöttisch.

«Mir scheint, genau das wollten sie sagen. Doch lassen Sie sich dadurch in Ihrer Arbeit nicht beirren, mein lieber Assante. Ich wollte Sie nur über den Stand der Dinge informieren.»

Er steht auf, sie schütteln sich erneut die Hand, Mauro öffnet ihm die Tür.

Was für ein Drecksack dieser Biraghi doch ist! Auf diese Weise hat er leichthin und unauffällig die Warnung, die er selbst erhalten hat, auf ihn abgewälzt. Dass die Inspektion in der Banca Santamaria eine riesige Schererei werden würde, hatte er schon in dem Moment begriffen, als Biraghi ihn damit beauftragte.

Es war ein offenes Geheimnis, dass der Vorstandsvorsitzende Foschini ein Günstling des Abgeordneten De Simone war, eines milliardenschweren, nahezu skrupellosen Unternehmers, der in die Politik gegangen war, und dass der gesamte Vorstand von Senator Fondi zusammengestellt worden war. Diese Männer hatten die Bank in eine Parteikasse umfunktioniert, wie Dutzende Beschwerdebriefe und einige Zeitungsartikel monierten. Die Bank einer Finanzprüfung zu unterziehen war, als würde man in eine Hochspannungsleitung greifen.

Er hat sich angewöhnt, mittags in einer kleinen Trattoria unweit des Büros zu essen. Sein Kollege Marasco hat sie ihm empfohlen, der als Junggeselle dort Stammgast ist. Beim Eintreten entdeckt er ihn an seinem üblichen Tisch. Er geht zu ihm und setzt sich.

Marasco kommt mit einem leichten Lächeln sofort zur Sache. «Ich habe gehört, Biraghi hat dir heute Morgen einen Besuch abgestattet.»

«Hm.» Besser, er spricht nicht darüber, Marasco ist ein fürchterliches Klatschmaul. Doch der lässt nicht locker.

«Was wollte er denn?»

Mauro beschließt, ihm nicht alles zu verraten, was Biraghi ihm gesagt hat. «Er war da, um mir mitzuteilen, dass er mir für die Abfassung meines Berichts alle Zeit der Welt lässt.»

«Und was hast du ihm geantwortet?»

«Ich habe mich bedankt und ihm gesagt, dass ich zum vorgesehenen Termin abgeben werde.»

«Da wäre ich zu gern dabei gewesen.»

«Warum?»

«Na, um sein Gesicht zu sehen.»

«Aber er hat gar kein Gesicht gezogen!»

«Weil er sich unter Kontrolle hat. Eigentlich wollte er dich bitten, das Ganze noch eine Weile aufzuschieben.»

«Wie kommst du denn darauf?»

«Da kannst du Gift drauf nehmen. De Simone und Fondi wissen, dass das Schicksal ihrer Bank sehr wahrscheinlich besiegelt ist, und sie brauchen Zeit für eine Reihe von Manövern, die den Schaden, der ihnen entstehen wird, begrenzen sollen. Und Biraghi wollte dich genau darum bitten.»

«Ich weiß nicht, was ich davon halten soll, zumal Biraghi den Abgabetermin ja selbst festgelegt hat.»

«Offensichtlich haben sie ihn darauf hingewiesen, da[illegible] einen Fehler gemacht hat, und jetzt versucht er zurückzuru[illegible]

Ein Kellner kommt, um ihre Bestellung aufzunehmen. [illegible] rasco wartet, bis er gegangen ist, bevor er weiterspricht. «Alles in allem ist es doch amüsant», sagt er.

«Was?»

«Dass Biraghi dich verheizen will und dabei Gefahr läuft, sich selbst gehörig die Finger zu verbrennen.»

«Was ist denn das für eine Geschichte, kannst du mir das mal erklären?»

«Welche Geschichte?»

«Dass Biraghi mich verheizen will.»

«Sieh dir die Fakten an. Im normalen Dienstbetrieb hätte man dich für diese Prüfung nicht eingeteilt, weil du gerade erst eine andere Inspektion abgeschlossen hast. Trotzdem hat Biraghi dich damit beauftragt. Und er hat nur dich geschickt, als einzigen Hauptprüfer, was nicht gerade üblich ist. Er hat dafür gesorgt, dass du allein der Verantwortliche in dieser brenzligen Angelegenheit bist.»

«Sag mal, Marasco, ganz ehrlich: Warum soll Biraghi mich deiner Meinung nach verheizen?»

Marasco sieht ihn erstaunt an. «Fragst du mich das im Ernst?»

«Ganz im Ernst.»

«Dann bist du also der Einzige, der nicht weiß, was man über dich redet?»

«Ich weiß von nichts, und ich wäre dir wirklich dankbar, wenn …»

«Es heißt, Biraghi wird seines Amtes als Abteilungsleiter enthoben, und du sollst seinen Posten übernehmen.»

Einen Moment lang bleibt Mauro der Mund offen stehen. Dann reagiert er. «So ein Blödsinn! Ich bin viel zu jung, um …»

«Natürlich, du bist zu jung, wie es so schön in diesem einen Schlager heißt, aber liest du denn keine Zeitung? Siehst du nicht fern? Das Schlagwort heutzutage lautet: Verjüngung. Variiert mit Erneuerung, Wandel und so weiter. Und du liegst hinsichtlich dieser Unsitte wohl oder übel voll im Trend.»

Er hat kaum Zeit, die Wohnungstür hinter sich zu schließen, als schon das Telefon klingelt.

«Familie Assante?» Die angenehme Stimme einer jungen Frau.

«Ja, wer ist da?»

«Lux Verlag, Filiale Rom. Wir bräuchten eine Auskunft.»

«Worum geht es denn?»

«Signora Assante hat die zwölfbändige *Enzyklopädie für Kinder* bestellt, die endlich eingetroffen ist. Sie hat auch eine Lieferadresse angegeben, doch wir haben den Namen des Ortes vielleicht falsch geschrieben, Fossa di Fassa, es scheint ihn nicht zu geben.»

«Stimmt. Richtig wäre Pozza di Fassa.»

«Vielen Dank. Ach, noch etwas. Ihr Sohn heißt Stefano und ist sechs Jahre alt, nicht wahr?»

«Ja, aber wozu wollen Sie das wissen?»

«Um ein kleines persönliches Geschenk beizulegen.»

Dass er nach dem Gespräch nicht den Telefonstecker zieht, beweist, dass er nicht die Absicht hat, sich sofort an die Arbeit zu setzen. Marascos Worte irritieren ihn noch immer. Er ist ganz und gar nicht davon überzeugt, dass Biraghi ihn absichtlich mit einem Himmelfahrtskommando betraut hat. Am Tag, bevor er loslegte, hat Biraghi lange mit ihm gesprochen – wovon Marasco nichts weiß –, er hat ihm die enge Verflechtung dieser Bank mit der Politik erläutert und ihn auf die Auswirkungen hingewiesen, die eine schwere Strafmaßnahme unweigerlich nach sich ziehen würde. Und damit nicht genug, er hat ihm auch erklärt, dass er ihn allein dorthin schickt, um die Sache nicht an die große Glocke zu hängen und nicht die Neugier irgendwelcher Journalisten zu wecken. Also? Also ist das nur eine der zahlreichen, dummen Klatschgeschichten, die in regelmäßigen Abständen auf den viel zu großen Fluren von Roms Palazzi wuchern, in denen als unumschränkte Herrscherin die Bürokratie waltet.

Ohnehin hat die Behauptung, dass Biraghi ihn in Schwierigkeiten bringen will, um ihn aus dem Weg zu räumen, weder Hand noch Fuß. Er müsste auch noch Valentini und De Marzio ausschalten, Hauptfinanzprüfer, die viel eher als Mauro das Zeug dazu haben, seine Nachfolge anzutreten.

Die kurze Marschmusik seines Handys. Es ist Muttina.

«Wo bist du?»

«Zu Hause.»

«Arbeitest du?»

«Ich habe noch nicht angefangen. Wie geht's denn so? Was macht Stefano?»

«Alles in Ordnung. Stefano hat richtig Farbe bekommen. Aber was ich dir sagen wollte: Vor kurzem hat mich Elena angerufen, um ...»

«Nein, Muttina», fällt Mauro ihr ins Wort. «Verlange, was du willst, aber ich habe nicht die geringste Lust, sie zu besuchen und ...» Elena Ranzi spielt die Intellektuelle, kennt viele Leute aus der Welt des Films und der Kunst und widmet sich der Entdeckung unbekannter Talente. Doch er kann sie nicht ausstehen.

«Lass mich ausreden. Sie hat mich an unser Versprechen erinnert, dass du heute Abend zu Romitellis Vernissage gehst.»

Das hatte er vollkommen vergessen. Von diesem unverständlichen Maler haben sie sogar ein Bild gekauft, um Elena eine Freude zu machen.

«Ist gut», sagt er und schnauft. «Ich schaue auf einen Sprung vorbei, fünf Minuten, und ich bin wieder weg. Wo ist das denn?»

«In der Galleria dell'Aquilone, ab neunzehn Uhr bis Mitternacht. Versuch, nicht so muffig zu sein.»

«Ich geb mir Mühe. Ach, hör mal, wegen dieser *Enzyklopädie für Kinder*, die du bestellt hast, haben sie mich ...»

«Entschuldige, aber ich weiß nicht, wovon ...»

«Muttina, jemand vom Verlag hat mich gerade angerufen, um Bescheid zu sagen, dass diese Enzyklopädie, die du bestellt hast ...»

«Hör mal, ich habe keine Enzyklopädie bestellt!»

Hat sie es womöglich vergessen? «Aber wenn sie doch sogar den Namen und das Alter unseres Sohnes kannten! Und sie wussten auch, dass ihr gerade in Pozza di Fassa seid!»

«Mauro, ich weiß nicht, was ich sagen soll», seufzt Muttina nach einer Pause.

«Kann es nicht sein, dass eine deiner Freundinnen ohne dein Wissen und in deinem Namen ...»

«Das ist vollkommen ausgeschlossen. Und auf jeden Fall hätten sie mir Bescheid gesagt.»

«Dann rufe ich jetzt im Verlag an und versuche herauszubekommen, was da passiert ist.»

«Ach, lass es gut sein, ist doch egal. Falls die Enzyklopädie noch bei mir eintrudelt, schicke ich sie eben zurück. Ciao. Und vergiss Romitelli nicht.»

Muttina löst Probleme auf ihre ganz eigene Art: indem sie sich nicht darum kümmert. Er dagegen möchte einem Problem, selbst dem kleinsten, immer auf den Grund gehen. Darum will er den Vorfall nicht auf sich beruhen lassen. Dass die Informationen, über die die Anruferin verfügte, so genau und detailliert waren, beunruhigt ihn. Wo hatte sie die her? Wenn nicht von Muttina, von wem dann? Und wozu dienten sie? Sich weiter den Kopf über das Warum und Weshalb zu zerbrechen ist nur sinnlose Zeitverschwendung. Er weiß, wo er mit seinen Nachforschungen beginnen muss: bei seinem Festnetztelefon, das die Nummer des letzten eingegangenen Anrufs speichert.

«Bar Aurora», meldet sich eine heisere Männerstimme.

Überrascht bringt Mauro kein Wort heraus.

«Was denn nun?», sagt die Männerstimme.

«Entschuldigen Sie, ich habe …»

Die Leitung wird unterbrochen, Mauro legt auf.

Die junge Frau hat klar und deutlich gesagt, sie rufe aus der römischen Filiale des Lux Verlags an. Langsam wählt er die Nummer des letzten Gesprächs.

«Bar Aurora», antwortet die Stimme von vorher.

Drei

Verdutzt legt er auf. Er kann sich keinen Reim darauf machen. Sein Gehirn ist voll funktionstüchtig, arbeitet jedoch im Leerlauf.

Kann es bei der automatischen Nummernspeicherung zu einem Fehler gekommen sein? Theoretisch ja. Zwar sollte so was nicht passieren, aber hundertprozentig ausschließen lässt es sich nicht. Einen Versuch ist es wert.

Er wählt die Nummer der Telefonauskunft und stellt seine Frage. Die Antwort kommt unverzüglich.

Im römischen Teilnehmerverzeichnis steht kein Lux Verlag.

Moment mal. Die junge Frau hat gesagt, sie rufe aus der Filiale an. Doch das könnte auch heißen, dass sie im Namen und im Auftrag der Filiale gesprochen hat. Falls das so ist, kann sie auch aus einer Bar angerufen haben. Aber warum steht die Nummer dann nicht im Telefonbuch? Tja, darauf kann es viele Antworten geben. Zum Beispiel könnte die Filiale gerade auf einen neuen Anschluss warten. Oder man will die Nummer vielleicht geheim halten, so abwegig das auch klingen mag. Also bleibt ihm nur herauszufinden, welche Nummer zum Hauptsitz des Verlags gehört. Wo auch immer der sein mag. Bloß, wie soll er das anstellen? Er schaltet den Computer ein. Sucht im Internet und findet nichts.

Sein Freund Gaslini fällt ihm ein, ein hoher Beamter im Innenministerium. Er beschließt, ihn anzurufen, und erzählt ihm, er brauche diese Nummer zu dienstlichen Zwecken. Es ist ihm peinlich, seinen Freund wegen einer im Grunde so läppischen Angelegenheit zu belästigen.

Fünf Minuten später ruft Gaslini zurück.

In ganz Italien gibt es keinen Verlag namens Lux.

Mauro verfügt über einen logischen Verstand und weiß, wie er ihn einsetzen muss, um immer und unter allen Umständen zu einem klaren, befriedigenden Ergebnis bei der Auswertung von Fakten zu kommen, die auf den ersten Blick vollkommen beliebig erscheinen könnten. Doch nach einer halben Stunde nervösen Herumtigerns in seinem Arbeitszimmer und nach geradezu wütenden Versuchen, eine vernünftige Erklärung für das Geschehen zu finden, muss er aufgeben. Um nicht weiter darüber nachzudenken, beschließt er, sich in die Arbeit zu stürzen. Bevor er sich hinsetzt, wirft er einen Blick aus dem Fenster. In der Nähe des Kioskes, an dem er für gewöhnlich seine Zeitungen kauft, steht ein Motorroller. Darauf sitzt der schnauzbärtige Lockenkopf, dem er hatte helfen wollen. Er scheint auf jemanden zu warten. Mauro setzt sich, zieht den Telefonstecker, schaltet das Handy aus, fährt den zweiten Computer auf dem Schreibtisch hoch und schließt die entsprechenden passwortgeschützten USB-Sticks an. Auf dem ersten Computer erscheint der Bericht, an dem er gerade arbeitet, und auf dem zweiten befinden sich alle während der Inspektion zusammengetragenen Daten, auf die er fortwährend zugreifen muss. Erst jetzt fällt ihm auf, dass er seine Brille nicht hat, die für ihn unverzichtbar ist. Bestimmt hat er sie im Büro liegenlassen. Er muss sie notgedrungen holen. Fluchend steckt er den Telefonstecker wieder in die Dose, bestellt ein Taxi, zieht sich das Jackett an, schließt die Tür ab, geht die Treppe hinunter und verlässt das Haus. Der Mann auf dem Motorroller ist immer noch da, wirft ihm einen zerstreuten Blick zu und redet dann weiter in sein Handy. Ein paar Minuten später kommt das Taxi.

Er hatte gehofft, hin und zurück nicht mehr als eine Stunde zu brauchen, doch sie geraten in einen entsetzlichen Verkehr.

Eine Demonstration von Hausbesetzern verstopft das Zentrum und blockiert einige Hauptstraßen, so dass der Taxifahrer Umwege fahren muss, die die Strecke verlängern, und zwar beträchtlich.

Doch damit nicht genug. Auf dem Flur vor seinem Büro läuft er, ohne ihm ausweichen zu können, Carloni in die Arme, einem Kollegen, der als unglaubliche Nervensäge verschrien ist.

Hinter vorgehaltener Hand erzählt der ihm von einem sich hartnäckig haltenden Gerücht, dem zufolge Biraghi die Absicht habe, Mauros Bericht, sobald er vorliegt, vor dem Direktorium zu beanstanden und um die Bewilligung einer weiteren Inspektion zu bitten, natürlich mit anderen Inspektoren. Um ihm dieses Gerede, das Mauro für absurd hält, zu hinterbringen, braucht er eine Dreiviertelstunde.

Fast drei Stunden später steht er wieder am Eingang vor seinem Haus.

Er geht die Treppe hoch, schließt die Tür auf und erstarrt. Wieso ließ sich die Tür sofort öffnen? Er ist sich absolut sicher, dass er sie beim Hinausgehen viermal abgeschlossen hat, wie er es immer und fast schon automatisch tut. Er tritt ein. Die Wohnung scheint im Wesentlichen absolut in Ordnung zu sein. Sein Schreibtisch ist so, wie er ihn verlassen hat, die Sticks stecken noch in den ausgeschalteten Computern. Langsam ist er sich nicht mehr so sicher, dass er die Tür viermal abgeschlossen hat. Wahrscheinlich hat er sich in seiner Nervosität nur eingebildet, es getan zu haben. Jetzt ist er viel zu durcheinander, um sich an die Arbeit zu setzen. Der Bericht erfordert einen einwandfrei klaren Kopf. Was tun? Zunächst einmal wieder zur Ruhe kommen. Er geht in die Küche, kocht sich einen Kamillentee und trinkt ihn glühend heiß. Dann geht er ins Bad und wäscht sich das Gesicht ausgiebig mit kaltem Wasser. Das Telefon klingelt. Er meldet sich.

Es ist die Baronessa. «Endlich sind Sie zu Hause!»

«Warum, Baronessa, haben Sie schon mal versucht, mich zu erreichen?»

«Ja, mein Lieber, zweimal.»

Auf was muss er sich denn nun schon wieder gefasst machen? «Kann ich Ihnen irgendwie behilflich sein?»

«Nein, aber diesmal haben Sie sich ja wirklich ein schönes Ding geleistet!»

«Was habe ich denn angestellt?»

«Hi, hi!», kichert die Baronessa.

Sie will ihn auf die Folter spannen. «Nun?», sagt Mauro ungeduldig.

«Als ich vor gut zwei Stunden auf dem Weg zur Apotheke die Treppe heruntergekommen bin, habe ich gesehen, dass Ihre Tür sperrangelweit offen stand.»

Mauro reagiert schroff, was für einen Quatsch denkt sich die verrückte Alte denn nun schon wieder aus? «Ach, hören Sie auf, das kann gar nicht sein!»

«Glauben Sie etwa, ich habe mir das nur eingebildet?»

«Das nicht, aber ...»

«Sie stand sperrangelweit offen, das können Sie mir glauben. Ich dachte, Sie wollten vielleicht gerade aus dem Haus gehen, und habe im Erdgeschoss auf Sie gewartet. Dann habe ich Sie gerufen, weil Sie nicht kamen, erhielt aber keine Antwort. Da habe ich mir erlaubt, in Ihre Wohnung zu gehen, aber Sie waren nicht da. Darum habe ich die Tür zugemacht. Wissen Sie, dieses Viertel ist nicht mehr das, was es mal war ...»

Mauros Mund ist so trocken, dass er Mühe hat, sich bei ihr zu bedanken. Er zieht den Telefonstecker.

Schweißperlen stehen ihm auf der Stirn.

O nein! Er hat vielleicht vergessen, den Schlüssel viermal herumzudrehen, aber dass er die Tür geschlossen hat, steht außer Frage. Und außerdem: Welchen Sinn sollte es haben, in eine Wohnung einzudringen, ohne etwas zu stehlen oder anzurühren?

Besorgt steht er auf, geht noch einmal durch alle Zimmer und öffnet auch den kleinen Safe, der im Schlafzimmer hinter dem Spiegel versteckt ist. Es fehlt nichts.

Angesichts von gleich zwei unerklärlichen Ereignissen an ein und demselben Nachmittag kann man leicht aus der Fassung geraten. Genau davor fürchtet sich Mauro am meisten. Also reißt er sich zusammen und zwingt sich zum Nachdenken. Mal angenommen, die Baronessa hätte wirklich gesehen, dass die Tür offen stand, und ein Einbruch wäre ausgeschlossen, dann bliebe nur noch die Möglichkeit, dass er selbst sie offen gelassen hat. Und ist er denn nicht gerade deswegen aus dem Haus gegangen, weil er etwas vergessen hatte? Wegen einer Zerstreutheit, die ihm gar nicht ähnlich sieht, die sich wohl aber mit dem Druck erklären lässt, unter dem er durch die Arbeit an diesem Bericht steht.

Und was den nichtexistenten Verlag angeht … Nun ja, er kann durchaus nicht beschwören, dass die junge Frau wirklich Lux gesagt hat, der Verlag könnte auch Fuchs heißen und seinen Sitz in Deutschland haben oder in der Schweiz, wer weiß … Und Muttina wird vergessen haben, dass sie die Enzyklopädie bestellt hat. Es lässt sich nicht gerade behaupten, dass sie das Gedächtnis eines Elefanten hätte.

Ja, so wird es gewesen sein.

Es ist fast zehn, als er in der Galleria dell'Aquilone eintrifft. In der Hoffnung, dann auf der Vernissage nur noch wenige Menschen anzutreffen, hat er in der Trattoria vorher absichtlich getrödelt. Aber es sind noch viele Leute da.

Elena entdeckt ihn sofort, stürzt sich mit Freudenquieksern auf ihn, umarmt ihn, küsst ihn und zieht ihn zu Romitelli, der von drei ihn anhimmelnden Schlampen umringt ist. «Sieh mal, wer hier ist.»

Kaum Zeit, Romitelli die Hand zu geben, schon schubst

Elena ihn vor eine riesige, komplett weiße Leinwand, an deren unterem Rand ein winziges, rotes Fragezeichen steht.

«Ist das nicht genial?»

Sie wartet die Antwort nicht ab, lässt den verdutzten Mauro einfach stehen, kommt mit zwei Gläsern Champagner zurück und nötigt ihn anzustoßen.

«Sieh dir alles in Ruhe an. Bis gleich», sagt sie und nimmt Kurs auf ein hereinkommendes Grüppchen.

Mauro bleibt noch ein bisschen vor dem Bild stehen und zermartert sich das Hirn darüber, warum Romitelli es wohl *Felsig* genannt hat. Die nächste Leinwand ist vollkommen schwarz. Die einzige Variation: ein winziges, grünes Ausrufungszeichen am rechten unteren Rand. Mauro denkt, dass das Bild von Romitelli, das er zu Hause hat, eigentlich inhaltsreicher ist: In Weiß auf hellblauem Grund prangt dort die berühmte Einstein'sche Formel. Er hat genug und will gehen, doch aus dem Augenwinkel sieht er Elena an der Tür stehen. Sehr wohl fähig, ihn aufzuhalten und ihm eine Szene zu machen. Er stellt sein Glas auf einen bereitstehenden Tisch – von dem offenkundig miserablen Champagner hat er nur einen Schluck getrunken – und setzt seinen Rundgang fort.

Eine halbe Stunde später, er hat seine Pflicht getan, macht er kehrt, um sich von Romitelli zu verabschieden und zu verschwinden.

Als er sich umdreht, stockt ihm der Atem. Er steht der jungen Frau gegenüber, die tags zuvor versehentlich an seiner Tür geklingelt hat. Sie sieht ihn kurz an, allerdings gleichgültig, offenbar hat sie ihn nicht erkannt. Mauro ist inzwischen aus seiner Schockstarre erwacht und kann wieder sprechen. Er macht einen Schritt auf sie zu und begrüßt sie.

«Guten Abend.»

«Kennen wir uns?», antwortet die Frau kühl.

Bei ihrem blendenden Aussehen ist sie garantiert ständig

männlichen Annäherungsversuchen ausgesetzt und hält ihn wohl für einen von den vielen, die es mal bei ihr versuchen.

«Ja. Sie waren gestern Nachmittag bei mir, hatten sich aber leider in der Adresse geirrt.»

Jetzt erkennt sie ihn, ihr Verhalten ändert sich, sie lächelt und gibt ihm die Hand. «Ich heiße Carla.»

«Mauro.»

«Es tut mir leid, dass ich Sie belästigt habe», sagt sie. «Aber in der Adresse habe ich mich nicht geirrt.»

Mauro hofft, sich verhört zu haben. «Wollen Sie damit sagen, dass …»

«Genau. Ihr Nachname ist Passante?»

«Assante.»

«Assante, ja. Man hat mir nicht nur Ihren Namen und Ihre Adresse gegeben, man hat mir auch die Jugendstilvilla, in der Sie wohnen, genauestens beschrieben.»

«Bitte glauben Sie mir, wenn ich Ihnen sage, dass nicht ich …»

«Ich glaube Ihnen. Weil …»

Sie kann ihren Satz nicht zu Ende bringen. Elena stellt sich zwischen sie beide, hakt sich bei ihm unter, ohne sich bei Carla zu entschuldigen, und zieht ihn zu einer kleinen Sitzcouch. In Mauro steigen unwiderstehliche Mordgelüste auf, doch er schafft es, sich zu beherrschen.

«Hast du alles gesehen?»

«Ja.»

«Welches gefällt dir am besten?»

Mauro weiß, worauf Elena hinauswill. «Ach Gott, so aus dem Stand …»

Elena kommt gleich zur Sache. «Machen wir es doch so. Ich schicke Muttina den Katalog. Dann könnt ihr euch gemeinsam was aussuchen. Einverstanden?»

«Einverstanden», sagt Mauro gottergeben.

Er steht auf, Elena ebenso, sie umarmt ihn und geht. Mauro

braucht nur einen kurzen Blick in die Runde, um festzustellen, dass Carla nicht mehr da ist. Diese blöde Elena! Dass sie für teures Geld noch so ein Machwerk kaufen, kann sie vergessen! Er verabschiedet sich von Romitelli und geht hinaus.

«Signor Assante!»

Er schaut sich um, niemand da, er kann nicht erkennen, woher die Stimme kommt.

Aus dem Fenster eines auf der anderen Straßenseite parkenden Wagens hebt sich ein Arm. «Signor Assante! Hier bin ich!»

Er geht zum Auto, Carla öffnet ihm die Tür, er steigt ein.

«Sind Sie mit dem Auto da?»

«Nein, ich bin mit dem Taxi gekommen.»

«Na, dann verschwinden wir von hier.»

«Ja, besser ist es.»

Carla lässt den Motor an und fährt los.

«Ich kann Sie nach Hause bringen, wenn Sie wollen.»

«Nur keine Umstände, danke. Haben Sie es eilig?»

«Nein. Warum?»

«Hätten Sie zehn Minuten Zeit für mich?»

«Aber gern.»

«Entschuldigen Sie, doch ich wäre Ihnen dankbar, wenn Sie mir erklären könnten … Wir könnten in ein Café gehen und …»

«Einverstanden.»

Was für ein wunderbares Parfüm diese Frau hat! Und dann noch diese bezaubernde, wohlklingende Stimme.

Er fängt ein Gespräch an.

«Sie kennen Romitelli?»

«Wer ist das?»

«Der Maler, der heute Abend ausgestellt hat.»

Carla lacht auf. Ihr Lachen ist silbrig und fast kindlich.

«Nie gehört. Außerdem verstehe ich nichts von Malerei. Ich war mit einer Freundin in der Galerie verabredet, doch dann rief sie an und sagte, ihr sei was dazwischengekommen. Ich wollte gerade gehen, als Sie mich entdeckt haben.»

«Wenn Sie sie sehen, bedanken Sie sich bitte in meinem Namen bei ihr.»

Carla stutzt. «Wofür denn?»

«Dafür, dass sie mir ermöglicht hat, Sie zu treffen.»

«Da vorn ist ein Café, das noch geöffnet hat», sagt Carla. «Ist Ihnen das recht?»

«Unbedingt.»

Vier

Carla fährt rechts ran, sie steigen aus. Im Café nicht ein Gast, an einigen Tischen sind die Stühle hochgestellt. Ein Kellner wischt den Boden. Sie setzen sich.

Der Kellner hört auf zu wischen, kommt zu ihnen und sagt so kategorisch wie unfreundlich: «In zehn Minuten ist Feierabend.»

«Und wir sind in zehn Minuten wieder weg», beschwichtigt ihn Mauro. Dann an die junge Frau gewandt: «Was nehmen Sie?»

«Stört es Sie, wenn ich nur ein Glas Mineralwasser trinke?», fragt Carla zögernd.

«Warum sollte mich das stören? Aber für mich bitte einen Whisky auf Eis.»

Der Kellner geht.

«Ich glaube, Sie wollten mir gerade etwas erzählen, als meine Freundin uns unterbrochen hat», beginnt Mauro erneut.

«Ja, ich wollte Ihnen sagen, dass ich mich nicht geirrt habe.»

«Aber wie ist das möglich?»

«Wissen Sie, ich glaube, da hat sich ein Freund von Ihnen einen Scherz erlaubt.»

«Ich habe keine Freunde, die solche Scherze machen.»

«Bestimmt nicht?»

«Ganz bestimmt nicht. Wären Sie so freundlich, mir zu erklären, wie Sie darauf kommen?»

«Natürlich. Nachdem ich bei Ihnen war, bin ich in die Agentur gegangen. Ich wollte erzählen, was geschehen ist, und Bescheid sagen, dass ich für den Abend noch frei bin. Ich war auch ein bisschen neugierig … Ich wollte wissen, ob Sie mich angelogen haben, als Sie behaupteten, Sie hätten die Agentur nicht angerufen. Sie wirkten auf mich ehrlich erstaunt … Unser Chef, Maurizio, hat mir alles erzählt.»

«Was hat er denn gesagt?»

Der Kellner kommt zurück, stellt das Tablett auf den Tisch und geht. Carla trinkt einen Schluck, bevor sie antwortet.

«Maurizio sagte, der Kunde, also Sie, habe sich nicht direkt mit der Agentur in Verbindung gesetzt, er sei nicht selbst vorbeigekommen, sondern habe seinen Sekretär geschickt. Als solcher habe der sich vorgestellt. Er suchte ein Mädchen, das Englisch spricht und den Kunden am selben Abend zu einem Geschäftsessen begleitet. Er hat sich die Fotos angesehen und mich ausgesucht. Dann hat er die Adresse angegeben, hat bezahlt und ist gegangen.»

Um ein Haar hätte sich Mauro am Whisky verschluckt.

«Er hat bezahlt?»

«Ja, bezahlt wird immer im voraus.»

«Wie hat er bezahlt? Mit einem Scheck? Oder bar?»

«Das weiß ich nicht.»

«Hat er seinen Namen genannt?»

«Zwangsläufig. Er muss ein Formular ausgefüllt haben.»

«Dann wissen Sie also, wie er heißt?»

«Danach habe ich nicht gefragt, es hat mich nicht interessiert.»

«Aber Sie könnten es in Erfahrung bringen?»

«Sicher.»

«Gut. Sobald Sie es wissen, könnten Sie mir vielleicht …?»

«Das mache ich, keine Sorge. Gleich morgen.»

«Wir schließen jetzt», sagt der Kellner.

Mauro zahlt, sie gehen hinaus, steigen ins Auto.

«Hier ist meine Nummer», sagt Carla. «Und geben Sie mir auch Ihre.»

Sie speichern die Nummern in ihren Handys ab.

«Wann kann ich Sie anrufen?»

«Morgen Nachmittag. Ach, da fällt mir ein, Maurizio hat erzählt, dass Ihr Sekretär …»

«Ich habe keinen Sekretär.»

«… keinen guten Eindruck auf ihn gemacht hat. Ein ungehobelter, vulgärer Typ … mit Locken … und Schnauzbart …»

Der Mann auf dem Motorroller! Er zuckt unwillkürlich zusammen, so dass Carla ihn fragt, ob er ihn kennt. Er verneint. Ihm ist klar, dass seine Reaktion unkontrolliert und ein wenig albern war, leicht vulgäre, schnauzbärtige Männer mit einem Lockenkopf gibt es schließlich zuhauf.

«Na dann, darf ich Sie nach Hause fahren?»

«Danke, ja.»

Er hat spontan eingewilligt, weil er, und das irritiert ihn sehr, sie noch länger bei sich haben und ihr Parfüm genießen möchte.

Während der Fahrt sagt Carla kein Wort und wendet den Blick nicht von der Straße, Mauro kommt es so vor, als habe sich ihre Stimmung verdüstert, als sei sie nun etwas melancholisch.

Doch als sie vor dem Eingangsportal hält und der Moment des Abschieds kommt, kehrt ihr Lächeln zurück.

«Wirklich, ich weiß gar nicht, wie ich Ihnen danken soll», sagt Mauro, als er ihr die Hand drückt.

«Wir telefonieren morgen», sagt sie kurz angebunden. «Gute Nacht.»

Und fährt so schnell an, dass Mauro kaum rechtzeitig die Autotür schließen kann.

Als er die Treppe hochsteigt, nimmt er sich vor, sofort ins Bett zu gehen. Wollte er anfangen, über alles nachzudenken, was Carla ihm erzählt hat, würde er garantiert die ganze Nacht kein Auge zutun. Und wäre durch den Schlafmangel dann stundenlang wie gerädert. Er hat schon genug Arbeit versäumt, er will nicht auch noch den nächsten Vormittag in den Wind schreiben müssen.

Diesen Luxus kann er sich nicht leisten, der Abgabetermin für den Bericht rückt immer näher.

Doch da er sich gut kennt und sich selbst nicht traut, wird er eine Schlaftablette nehmen, um sich die höchstwahrscheinlich schlaflose Nacht zu ersparen.

Er öffnet die Tür, geht, ohne Licht zu machen, direkt ins Schlafzimmer – der Schein der Straßenlaternen genügt ihm – und zieht sich aus. Dann geht er wie üblich in sein Arbeitszimmer, um die Sachen zusammenzusuchen, die er am nächsten Tag ins Büro mitnehmen muss. Die beiden USB-Sticks, da sind sie ja, sein Lieblingsfüllhalter, ja, der ist auch da, die verfluchte Brille, die ihn einen ganzen Nachmittag gekostet hat … Aber wo ist sie denn? Er erinnert sich, dass er sie auf den Schreibtisch gelegt hat, zwischen die zwei Computer. Wenn er sie nicht trägt, legt er sie immer dorthin. Er sucht sie hinter den Computern, unter einem Papierstapel, in den Schubfächern, er bückt sich, um auf dem Boden nachzusehen … Nichts. Einfach weg.

Er lässt sich in den Sessel fallen, und eine plötzliche Nervosität überkommt ihn. Was ist bloß los mit ihm? Warum ist er so? Es ist nicht seine Art, wegen jeder Kleinigkeit gleich hysterisch zu werden. Doch er kann nichts dagegen tun, seine Nerven liegen blank. Ein beunruhigender Verdacht keimt in ihm auf, dass nämlich jemand mit einem Dietrich in die Wohnung eingedrungen ist und … Doch das wischt er sofort beiseite. Die Vorstellung, dass jemand nur deswegen eingebrochen ist, um seine Brille zu stehlen, und dies auf die Gefahr hin, verhaftet und ins Gefängnis gesteckt zu werden, ist einfach absurd und lächerlich.

Andererseits ist da aber diese unerklärliche Geschichte mit der weit offenen Tür …

Na gut, auch wenn dieser Verdacht idiotisch ist, bleibt doch die Tatsache, dass seine Brille unauffindbar ist. Und er wird nicht ins Bett gehen, bevor er dieses kleine Rätsel gelöst hat.

Es ist heiß, er steht auf und tritt ans Fenster. Die Straße ist menschenleer, die Tür des Palazzos gegenüber öffnet sich, und heraus kommt ein hochelegantes Paar. Sie trägt ein langes Kleid und er …

Der Anzug! Plötzlich fällt Mauro wieder ein, dass er sich an diesem Abend umgezogen hat, um zur Ausstellung zu gehen. Er hastet ins Schlafzimmer, öffnet den Schrank und nimmt das Jackett heraus, das er am Nachmittag getragen hat. Da ist ja seine Brille, in der Brusttasche. Er weiß nicht, ob er lachen oder weinen soll. Er legt sie auf den Schreibtisch und kann endlich schlafen gehen.

Bevor er die Wohnung verlässt, geht er zum Fenster, um nachzusehen, ob der Schnauzbart in der Nähe ist. Er sieht ihn nicht, das scheint ihm ein gutes Zeichen zu sein. Aber was macht er hier eigentlich, ist er abergläubisch geworden? Er muss über sich selbst lachen. Es ist Samstag und bereits heiß, kaum Leute auf der Straße, viele werden ans Meer gefahren sein. Er hofft, dass Carla dieser Versuchung nicht nachgegeben hat und die von ihm benötigten Informationen besorgt. Nein, Carla macht einen zuverlässigen Eindruck, sie wird ihr Versprechen halten.

Auf seinem Tisch im Büro liegt gut sichtbar ein an ihn adressierter Brief. Auf dem Umschlag kein weiterer Vermerk, auch der Absender fehlt. Die Adresse ist handgeschrieben, in einer Schrift, die er nicht kennt. Für ihn ist es ungewöhnlich, im Büro Privatpost zu erhalten, er steckt den Brief in die Jacketttasche und beschließt, ihn erst zu lesen, wenn er mindestens drei Stunden gearbeitet hat. Er will die verlorene Zeit aufholen.

Er sitzt ohne jedes Zeitgefühl am Computer. Seine Uhr zeigt Viertel nach zwölf. Er muss ja Carla anrufen!

«Guten Tag, hier ist Assante.»

«Ja, ich weiß, ich sitze gerade im Auto und … Wenn ich einen Platz zum Anhalten gefunden habe, rufe ich Sie zurück.»

Mauro ist etwas enttäuscht, er hat mehr Herzlichkeit von ihr erwartet. An Weiterarbeiten ist nicht zu denken, ständig schaut er auf die Uhr. Wie lange dauert so eine Minute? Sechzig Sekunden sind eine Ewigkeit.

Eine Viertelstunde, eine halbe Stunde, eine Dreiviertelstunde ... Er nimmt sich vor, noch eine Stunde zu warten. Gleich darauf fragt er sich, welchen Sinn es denn hat, im Büro auf den Anruf zu warten, wenn Carla ihn auf dem Handy anruft. Er geht mit hallenden Schritten durch die leeren Flure und tritt auf die Straße. Appetit hat er keinen, und vor allem will er mit niemandem reden. Darum nimmt er den Bus und fährt nach Hause.

Er ist sehr pikiert über das Benehmen Carlas, die ihn offenbar vergessen hat.

Nachmittags um vier sieht Mauro vor den beiden unnütz laufenden Computern in seinem Arbeitszimmer endlich ein, dass er nicht arbeiten kann, solange er nichts von Carla gehört hat. Es reicht, er ist mit seiner Geduld am Ende, jetzt wird er die Initiative ergreifen. Er ruft sie auf dem Handy an. Eine Stimme vom Band meldet sich, um ihm mitzuteilen, dass der von ihm gewünschte Teilnehmer nicht erreichbar ist. Sie hat ihn abserviert. Ihm ist klar, dass Carla ihr Telefon abgestellt hat, um nicht von ihm gestört zu werden. Doch warum will sie ihm nicht mehr helfen? Am Abend zuvor ist sie doch so freundlich und zuvorkommend gewesen ...

Er braucht Bewegung. Er steht auf und zieht das Jackett aus, dabei fällt ihm der Brief wieder ein, der ihm ins Büro geschickt wurde. Er zieht ihn aus der Tasche und öffnet ihn. Zwei Seiten. Auf der ersten, gedruckten, steht im Briefkopf «Banca Santamaria» und gleich darunter «Der Vorstandsvorsitzende». Weiter unten, in der Mitte: «An die Mitglieder». Das zweite Schreiben hat keinen Briefkopf, es ist die Kopie einiger handschriftlicher Notizen.

Wenn es sich, wie es den Anschein hat, um interne Bankdokumente handelt, warum hat ein Unbekannter sie ihm dann zukommen lassen?

Er ist noch unschlüssig, ob er sie lesen oder in den Papierkorb werfen soll, anonyme Briefe kursieren in ihrem Institut zuhauf. Er will sie schon zerreißen, überlegt es sich aber, wer weiß, warum, anders.

Das Schreiben des Vorsitzenden Foschini an die Vorstandsmitglieder ist ein ebenso allgemein gehaltener wie hochtönender Lobgesang auf die positive Entwicklung der Bank, eine Ankündigung künftiger rentabler Initiativen und schließlich die herzliche Aufforderung, sich nicht durch Gerüchte verunsichern zu lassen, die im Zusammenhang mit der kürzlich erfolgten Finanzprüfung in Umlauf sind.

Nichts von Belang. Wie vorauszusehen war, hat Foschini versucht, die Mitglieder zu beruhigen.

Mauro nimmt das zweite Blatt. Höchst erstaunt stellt er fest, dass diese Notizen unmittelbar ihn betreffen. Eine Art Lebenslauf, der sich nicht nur auf seine Ausbildung, seine Familie, seine Arbeit und seine Gewohnheiten bezieht, sondern sich auch auf Muttina erstreckt. Er enthält nicht eine falsche Information, keine Unterstellungen und auch keinerlei Kommentar. Doch der letzte Eintrag lässt ihn zusammenzucken.

Seine ältere Schwester Caterina starb vor sieben Jahren in einer Klinik für Geisteskrankheiten.

Der Satz ist zweimal unterstrichen. Was für hinterhältige, widerliche Schweine! Der Unbekannte wollte ihm eine Warnung zukommen lassen. Die kriegen es doch wirklich fertig, die Krankheit der armen Caterina für ihre Zwecke auszunutzen und den Verdacht nahezulegen, dass auch er nicht ganz richtig im Kopf sei … Das wäre ein Schlag unter die Gürtellinie, gewiss, könnte aber verheerende Folgen haben. Schwierig, sich gegen eine solche Gemeinheit zu verwahren, der Zweifel, dass sein Verstand womöglich nicht einwandfrei arbeitet, könnte sich bei seinen Vorgesetzten einschleichen und seine Arbeit ruinieren.

Er ist so erschüttert, so angewidert, dass er einen starken Drink braucht.

Während er in kleinen Schlucken seinen Whisky trinkt, denkt er über eine vorbeugende Verteidigung nach.

Am Montagmorgen wird er Biraghi die beiden Schriftstücke vorlegen, und sie werden gemeinsam entscheiden, was zu tun ist.

Über seiner Wut, seiner Entrüstung und seinem Verdruss hat er Carla ganz vergessen. Obwohl er große Lust hat, alles hinzuschmeißen und sich ordentlich einen anzusaufen, ruft er sie erneut an. Es meldet sich die grässliche Stimme vom Band.

Er muss sich damit abfinden, dass Carla sich wohl nicht mehr melden wird. Wer traut auch einer Frau, die für einen Escort-Service arbeitet! Ihre Freundlichkeit war offensichtlich nur eine berufsbedingte Fassade.

Gott, wie Muttina ihm fehlt! Einen kurzen Moment spielt er mit dem Gedanken, sie anzurufen und ihr alles zu erzählen. Nein, das ist eine denkbar schlechte Idee, er würde sie nur unnötig beunruhigen.

Er geht sich das Gesicht waschen, fühlt sich danach aber keineswegs besser. Er kehrt in sein Arbeitszimmer zurück, weiß nicht, was er tun soll. Er lässt sich in den Sessel fallen und schließt die Augen.

Die Marschmusik seines Handys lässt ihn hochfahren. Es ist Carla, endlich!

Er kann sich nicht zurückhalten. «Sie haben ganz schön lange gebraucht, um einen Platz zum Halten zu finden!»

«Entschuldigen Sie, aber …»

«Haben Sie den Namen für mich?», unterbricht Mauro sie schroff.

«Bitte, seien Sie mir nicht böse. Ich konnte Sie nicht eher anrufen, glauben Sie mir.»

Mauro schämt sich für seinen Ausbruch. «Ich bin Ihnen nicht böse, es ist nur so, dass …»

«Hören Sie, die Sache ist nicht so gelaufen, wie ich gehofft habe.»

Mauro versteht nicht. «Was denn für eine Sache?»

Carla antwortet nicht sofort. Sie fragt: «Wo sind Sie gerade?»

Fünf

Was glauben Sie denn? Zu Hause», fährt Mauro sie nur mühsam beherrscht an.

«Sind Sie allein?»

«Ja.»

Carla stockt, Mauro hakt nach. «Warum?»

Noch ein kurzes Zögern, dann: «Würde es Ihnen was ausmachen, wenn ich zu Ihnen komme?»

«Keineswegs. Wann denn?»

«Ich bin ganz in der Nähe, in zehn Minuten könnte ich da sein.»

«Nicht dass Sie wieder im Verkehr steckenbleiben und ...»

«Zehn Minuten, verlassen Sie sich drauf.»

«Gut, ich warte auf Sie.»

Soll er ihr glauben? Er entscheidet sich dafür. Hastig räumt er sein Arbeitszimmer auf, läuft ins Bad, um sich zu kämmen, zieht sein Jackett wieder an und stellt sich ans Fenster. Die Straße ist fast leer, bei der Hitze werden wohl viele das Wochenende außerhalb der Stadt verbringen. Auch der Lockenkopf mit dem Motorroller glänzt durch Abwesenheit. Ein weißer Wagen parkt am Zeitungskiosk genau gegenüber ein. Mauro sieht Carla aussteigen. Diesmal hat sie Wort gehalten.

Er öffnet die Tür und erwartet sie auf dem Treppenabsatz. Sie entdeckt ihn, als sie die letzten Stufen heraufkommt, und lächelt ihm zu. Mauro hätte sie am liebsten umarmt, beschränkt sich aber darauf, ihr die Hand zu geben. Der Händedruck dauert länger als üblich, als wollte Mauro zeigen, dass der Vorfall vom Nachmittag schon vergessen ist.

«Kommen Sie in mein Arbeitszimmer.»

Sie trägt eine Jacke und eine Hose, hochelegant. Dazu das Parfüm, das ihm so gefällt. Er bietet ihr einen der beiden Sessel an. Dann betrachtet er sie still lächelnd, er kann es kaum fassen, dass sie hier vor ihm sitzt.

«Darf ich Ihnen etwas anbieten?»

«Nein, danke.»

Er setzt sich.

Sie sieht das Foto auf Mauros Schreibtisch. «Ihre Frau und Ihr Sohn?»

«Ja, zurzeit sind sie in den Bergen.»

«Entschuldigen Sie meine Neugier, aber was machen Sie?»

«Ich bin Bankinspektor.»

«Und was heißt das?»

«Man schickt mich als Wirtschaftsprüfer in die Banken, um festzustellen, ob alles seine Ordnung hat.»

«Ich verstehe.» Carla holt tief Luft. Sie kann die schlechte Nachricht nicht länger hinausschieben. «Es hat nicht geklappt», sagt sie.

Damit hat Mauro schon gerechnet. «Erzählen Sie.»

«Heute Morgen war ich in der Agentur und habe Maurizio gebeten, mir die Daten des Mannes zu geben, der sich als Ihr Sekretär ausgegeben hat. Seine Reaktion war überraschend. Er lehnte ab und fuhr mich an, ich solle ihm nicht auf den Wecker fallen und nicht nach Dingen fragen, die mich nichts angehen.»

«Entschuldigen Sie», sagt Mauro. «Aber als Sie diese Angelegenheit zum ersten Mal erwähnten, hat er doch anders reagiert, so habe ich es jedenfalls verstanden.»

«Stimmt. Darum war ich auch so erstaunt. Neulich hat er noch auf alle meine Fragen geantwortet. Er hat mir sogar von sich aus anvertraut, dass Ihr Sekretär keinen guten Eindruck auf ihn gemacht hat.»

«Und wie erklären Sie sich das?»

Carla überlegt. Mauro gäbe wer weiß was dafür, ihre Gedanken lesen zu können. Schließlich redet sie, doch eigentlich redet sie eher leise mit sich selbst. Mauros Frage beantwortet sie nicht.

«Er hat noch etwas gesagt.»

«Und das wäre?»

Ihr Widerstreben ist ihr deutlich anzumerken, sie zögert lange, vielleicht bereut sie, was sie erzählt hat, dann rafft sie sich auf. «Er hat … Er hat mir geraten, das Ganze zu vergessen, in meinem eigenen Interesse.»

«Also hat er Sie bedroht!»

Carla stellt nachdrücklich klar: «Nein, er hat mir einen Rat gegeben.»

«Vielleicht ist es ein Rat, aber es ist auch eine Drohung.»

Carla zuckt mit den Schultern.

Mauro kann nicht erkennen, ob sie Angst hat oder nicht. Darum wagt er eine direkte Frage: «Werden Sie diesen Rat befolgen?»

Carlas Augen treffen auf Mauros hoffnungsvollen Blick. «Sie kennen mich nicht.»

«Werden Sie ihn befolgen oder nicht?»

«Nein», sagt sie kategorisch.

«Danke.»

«Sie brauchen sich nicht zu bedanken. Ich will ja auch wissen, was los ist. Ich bin nicht gern in undurchsichtige Geschichten verwickelt.»

Wieder muss er sich zurückhalten, um sie nicht zu umarmen. Er redet weiter. «Wenn wir nur irgendwie herausbekommen könnten, warum Maurizio einen Rückzieher gemacht hat …»

«Ich habe da eine Vermutung», sagt Carla. «Er könnte ja einen Anruf erhalten haben, der ihn erschreckt hat. Oder eine E-Mail voller Andeutungen. Es gehört nicht viel dazu, ihm Angst einzujagen, er ist ein Weichei.»

«Aber einen Anruf von wem?»

«Natürlich von derselben Person, die sich das alles ausgedacht hat, eine Geschichte, die weder Hand noch Fuß hat.»

Mauro schaut sie verblüfft an.

Carla fängt seinen Blick auf und kommt plötzlich in Fahrt. «Jawohl, weder Hand noch Fuß. Betrachten Sie das Ganze mal von meiner Warte aus. Ich soll Sie zu Hause zu einem Abendessen mit einem englischen Geschäftsfreund abholen, dessen Begleiterin ich dann sein soll. Doch was passiert? Ich komme pünktlich auf die Minute, und Sie lassen mich nicht einmal herein und behaupten, das müsse ein Missverständnis sein. Wie man es von einem seriösen Mann wie Ihnen auch erwarten kann. Und dann? Was sollte dieses ganze Theater?»

An Carlas Überlegungen gibt es nichts zu rütteln. «Das frage ich mich auch.»

«Streng logisch betrachtet, gibt es eine Antwort», sagt sie nach einer Pause.

«Und welche?»

«Wir sollten uns kennenlernen, sollten uns begegnen, damit wir keine Unbekannten mehr füreinander sind.»

«Und weiter?»

«Und weiter bleibt noch die entscheidende Frage: Wozu? Sie sind glücklich verheiratet, und ich ...»

«... Sie?»

«Sagen wir, ich bin ziemlich kompliziert.»

Mauro kann sich keinen Reim darauf machen, doch Carlas Worte haben ihm gefallen. «Also ist immer noch kein Land in Sicht», sagt er.

Das nicht, aber sie sitzen im selben Boot, und das ist tröstlich.

«Tja», sagt Carla und steht auf.

«Sie wollen schon gehen?», fragt Mauro überrascht, ohne seine Enttäuschung verhehlen zu können.

«Nein, ich will mir nur die Jacke ausziehen, es ist sehr heiß.»

Mauro nimmt ihr die Jacke ab und legt sie über eine Stuhllehne.

«Machen Sie es sich doch auch bequem.»

Das lässt Mauro sich nicht zweimal sagen, er wäre fast erstickt. Nun ist er in Hemdsärmeln.

Sie schweigt mit gerunzelter Stirn. Mauro möchte dieses Schweigen respektieren, doch Neugier und Ungeduld sind stärker. «Woran denken Sie?»

«Daran, wie man am besten an die Informationen herankommt, die Sie brauchen.»

Plötzlich hellt sich ihr Gesicht zu einem Lächeln auf. «Haben Sie ein Schlückchen Whisky mit etwas Eis für mich? Bei einem Whisky kann ich besser nachdenken.»

Mauro gießt zwei Gläser ein, das vollere behält er für sich.

Die Marschmusik des Handys auf dem Schreibtisch dudelt los. Auf dem Display steht Muttinas Name.

«Das ... ist meine Frau», sagt er betreten.

Doch eigentlich ist er mehr gereizt als betreten. Dieser Anruf kommt denkbar ungelegen. Carla steht auf und geht mit dem Glas in der Hand ans Fenster.

«Muttina, was gibt's?»

«Nichts. Ich wollte nur mal deine Stimme hören.»

«Ich hätte dich auch gleich angerufen», lügt er.

«Was machst du gerade? Arbeitest du sogar am Sonnabend, um diese Zeit?»

Er zögert einen Augenblick, will mit Ja antworten, fürchtet aber, dass Carla ... andererseits hat Carla die Frage nicht gehört und von daher ... Am besten ist wohl die halbe Wahrheit. «Nein. Ich sitze hier mit einer ... Koll... einer Assistentin.»

Muttina staunt. «Was sind denn das für Neuigkeiten? Seit wann hast du eine Assistentin?»

«Seit drei Tagen. Sie hilft mir mit dem Bericht.»

«Davon hast du mir ja gar nichts erzählt.»

«Ich fand es nicht so wichtig …»

«Ist sie hübsch?»

«Ja.»

«Sieh dich vor!», kichert Muttina. Und dann: «Ich lass dich jetzt arbeiten. Stefano schickt dir einen dicken Kuss. Geht's dir gut?»

«Ja, bestens.»

«Sprechen wir uns vor dem Schlafengehen noch mal?»

«Natürlich.»

Er legt auf und geht zu Carla ans Fenster.

«Alles in Ordnung?», fragt sie.

«Ja, danke.»

Eine Weile stehen sie schweigend nebeneinander. So nahe bei ihr spürt Mauro ein sanftes Wohlbehagen. Ihre Hüften berühren sich. Als sie den Kopf bewegt, um einen Schluck zu trinken, streichelt eine Strähne ihrer langen Haare sacht Mauros Gesicht.

«Ich wäre jetzt furchtbar gern am Meer», sagt Carla unvermutet. «Zum Abendessen würde ich am liebsten nach Fiumicino fahren. Ich kenne da ein Lokal, das …»

«Und warum fahren Sie nicht?»

«Allein habe ich keine Lust …»

«Ich kann Sie begleiten, falls es Ihnen nichts ausmacht.»

Er hat wie im Traum gesprochen. Als ihm bewusst wird, was er gerade gesagt hat, kann er nicht fassen, was in ihn gefahren ist. Seit seiner Hochzeit ist er mit keiner anderen Frau als Muttina ausgegangen.

Für einen kurzen Moment zeigt sich auch Carla überrascht. «Wenn Sie das nur aus Höflichkeit sagen, möchte ich nicht …»

«Ich sage es, weil …»

«Gut, einverstanden», unterbricht sie ihn. «Warum sollte es mir was ausmachen? Im Gegenteil.»

Sie lächeln sich an.

«Kommen wir noch einmal auf unser Problem zurück», sagt Carla und geht zurück zum Sessel. «Ich glaube, mir ist da eine Möglichkeit eingefallen.»

«Na, sagen Sie schon.»

«Wie gesagt, es ist nur eine Möglichkeit.»

«Das ist besser als nichts.»

«Ich bin darauf gekommen, als Sie telefoniert haben.»

«Spannen Sie mich nicht auf die Folter.»

«Ich bin mit einer Sekretärin aus der Agentur befreundet, die mir noch einen großen Gefallen schuldet. Sie könnte die Richtige sein. Ich werde sie bitten, das Formular herauszusuchen und es mir zu kopieren.»

Mauro hat Bedenken.

Carla bemerkt seine Unschlüssigkeit. «Sind Sie nicht einverstanden?»

«Doch. Aber können Sie dieser Frau auch vertrauen?»

«Sie wird garantiert nicht zu Maurizio gehen und ihm alles erzählen.»

«Wie können Sie sich da so sicher sein?»

«Weil sie ihn nicht ausstehen kann.»

«Trotzdem sollten Sie sich gut überlegen, ob Sie sie einschalten wollen. Vergessen Sie nicht, Maurizio hat Ihnen gedroht.»

«Schlimmstenfalls sagt sie nein.»

«Wollen Sie morgen Vormittag mit ihr sprechen?»

«Nein, morgen ist Sonntag, da will ich mich nicht in der Agentur blicken lassen. Maurizio könnte Verdacht schöpfen ...» Sie schaut auf ihre Armbanduhr. «Jetzt ist es sieben, um acht macht sie Feierabend. Ich rufe sie nachher zu Hause an.»

Nach einer Pause sagt sie: «Darf ich Sie etwas fragen?»

«Aber sicher doch.»

«Falls ich Ihnen wirklich den Namen und die Adresse des Mannes besorgen kann, der sich als Ihr Sekretär ausgegeben hat, was wollen Sie dann tun?»

Mauro hat schon gründlich darüber nachgedacht, die Antwort fällt ihm leicht. «Ich würde mich mit ihm treffen.»

«Und was würden Sie ihn fragen?»

«Wer dahintersteckt.»

«Und wenn er es nicht sagen will?»

«Er wird es sagen, verlassen Sie sich drauf.»

«Wollen Sie ihm mit einer Anzeige drohen, ihn verprügeln oder …»

Mauro lacht. «Sehe ich aus wie ein Schläger?»

«Nein, aber …»

«Wissen Sie, solche Typen reagieren nur auf Geld.»

«Ich verstehe», sagt Carla. Und weiter: «Wollen wir mein Auto nehmen oder Ihres?»

«Ganz wie Sie möchten.»

«Dann meines. Aber vorher …»

«Ja?»

«Ich müsste mich erst frisch machen. Kann ich vielleicht Ihr Bad benutzen?», fragt sie und bückt sich, um ihre Tasche vom Boden aufzuheben.

Er zeigt ihr das Gästebad. Dann geht er ins angrenzende Badezimmer, das er und Muttina nutzen und das durch eine Tür mit dem Schlafzimmer verbunden ist. Er sucht sich ein sauberes Hemd und nimmt einen gebügelten Anzug aus dem Schrank. Während er sich auszieht, um sich zu waschen, hört er deutlich das Plätschern der Dusche im Bad nebenan. Diese Intimität löst eine plötzliche Unruhe in ihm aus, für einen Moment glaubt er, Carlas nackten Körper unter dem Wasserstrahl zu sehen. Sofort versucht er, dieses Bild aus seinem Kopf zu verbannen. Doch es gelingt ihm nicht, die Vision hält sich hartnäckig, bis das Plätschern der Dusche verstummt.

Sechs

Offenbar hat ganz Rom beschlossen, ausgerechnet an diesem Samstagabend ans Meer zu fahren. Mehr als eine Stunde lang sind sie entweder nur stockend oder in winzigen Schritten vorangekommen, in einem unablässigen Stoßverkehr mitten im wahnwitzigen Slalom der Motorroller. Carla konzentriert sich aufs Fahren, sie ist sehr routiniert, verliert nie die Geduld und weiß sich durch unvorhergesehene Schwierigkeiten zu lavieren. Sie können nur wenige Worte miteinander wechseln. Endlich haben sie die Stadt hinter sich, und der Verkehr fließt wieder zügig. Entspannt trällert Carla einen Refrain auf Englisch, wirklich sehr ansprechend.

«Was ist das?»

«Kennen Sie es nicht? Ein Beatles-Song, ‹Yellow Submarine›.»

Mauro fragt nicht nach. Natürlich kennt er die Beatles oder auch die Rolling Stones, doch sein Wissen auf diesem Gebiet geht nicht über ein paar Bandnamen hinaus. Er hegte schon immer ein totales Desinteresse für jede Art von Musik. In ihren ersten Ehejahren hatte Muttina noch manchmal versucht, ihn in ein Konzert zu schleifen, musste angesichts seiner hartnäckigen Weigerungen dann aber aufgeben.

Als sie in den Ort kommen, fliegt ein Flugzeug im Landeanflug mit großem Getöse knapp über ihre Köpfe hinweg. Carla biegt in ein Gässchen ein, das zum Hafen führt, fährt auf einen kleinen, überfüllten Parkplatz, findet eine spärliche Lücke, schafft es, sich hineinzufädeln, und hält an. Mit zirkusreifen Verrenkungen steigen sie aus. Der Eingang zur Trattoria ist nur wenige Schritte entfernt.

«Müssen wir drinnen sitzen?», fragt Mauro.

«Nein, sie haben einen Garten.»

Die Tische in dem großen Innenraum sind alle trostlos leer.

«Ist draußen noch was frei?», erkundigt sich Carla bei einem atemlosen Kellner, der mit einem Stapel schmutziger Teller auf dem Weg zur Küche ist.

«Wie viel Personen?»

«Zwei.»

«Einer is' noch frei. Mach'n Se schnell.»

Der einzige freie Tisch für zwei steht fast in der Mitte des rappelvollen Gartens. Sie sind von einem babylonischen Stimmengewirr umgeben, von Kichern, Rufen, Kindergeschrei, Lachsalven. Ein Gespräch ist nur mit lauter Stimme möglich. Doch Carla findet eine Lösung. Da der Tisch so gedeckt ist, dass die Gäste sich gegenübersitzen können, stellt sie ihren Stuhl neben Mauros und räumt auch ihr Besteck, ihren Teller und ihre zwei Gläser um.

«So können wir uns unterhalten, ohne uns anzuschreien. Ich hätte nicht gedacht, dass hier so viele Leute sind, so voll habe ich es noch nie gesehen.»

«Wie haben Sie es entdeckt?»

«Das habe ich gar nicht. Vor ein paar Jahren wurde ich hierher eingeladen. Und weil es mir so gut gefallen hat …»

«… kommen Sie oft her.»

«Nur im Sommer und auch nur, wenn ich eine Freundin finde, die mir Gesellschaft leistet.»

Mauro findet den Mut, ihr endlich die Frage zu stellen, die ihm schon die ganze Zeit auf der Seele brennt. «Verzeihen Sie, aber haben Sie denn keinen Freund?»

«Ich hatte einen, vier Jahre lang, das hat mir gereicht.»

Ihre unverzügliche, entschiedene Antwort duldet keine weiteren Fragen zu diesem Thema. Doch Mauro möchte sie sehr gern – zu gern – besser kennenlernen.

«Darf ich fragen, wie alt Sie sind?»

«Sechsundzwanzig.» Sie lacht unvermittelt auf. «Möchten Sie noch mehr über mich wissen?»

«Ich wollte keinesfalls …»

«Indiskret sein? Warten Sie, ich erzähle Ihnen alles von mir. Mein Nachname ist Giuliani. Ich bin in Viterbo geboren, meine Eltern leben dort. Mein Vater war Angestellter bei der Stadtverwaltung, jetzt ist er im Ruhestand. Ich habe ein Übersetzerdiplom. In den letzten zwei Jahren sind die Aufträge immer weiter zurückgegangen, dann hat mich eine Freundin zum Glück mit Maurizio bekannt gemacht, der erzählte mir von der Agentur, und so …»

«Macht Ihnen das Spaß?»

«Die Arbeit in der Agentur? Ja und nein. Manchmal triffst du anständige Leute, doch meistens gerätst du an Flegel, die dich angrapschen wollen und am Ende ihre dicke Brieftasche zücken, um dir vorzuschlagen, mit ihnen ins Bett zu gehen. Das ist eben das Berufsrisiko, sagt Maurizio, aber mich macht das wirklich wütend …»

Ein Kellner stellt einen Brotkorb auf ihren Tisch. Nach einem Blick in die Karte einigen sie sich auf Spaghetti mit Frutti di Mare, Doraden und Weißwein.

«Vielleicht ist es jetzt an der Zeit, Ihre Freundin anzurufen, die Sekretärin aus der Agentur», schlägt Mauro schüchtern vor.

«Ach ja, das habe ich ganz vergessen», sagt Carla mit einem flüchtigen Blick auf ihre Uhr. Sie nimmt ihr Handy, sucht einen Namen und ruft an.

«Abgeschaltet», sagt sie unmittelbar darauf. «Sie wird im Kino sein, wie so oft am Samstagabend. Ich rufe sie morgen früh an und danach gleich Sie, um Ihnen Bescheid zu geben, was sie mir geantwortet hat. Einverstanden?»

«Einverstanden.»

«Wollen wir uns duzen?»

Carlas Vorschlag kommt unerwartet. Mauro zögert einen Moment, bevor er antwortet. «Gern.»

Carla sieht ihn an und lacht laut los.

Mauro fragt sich, was er denn so Komisches gesagt hat.

«Ich habe dich in Verlegenheit gebracht, stimmt's?»

Besser, es zuzugeben, er ist ohnehin nicht fähig zu lügen. «Nun also, ja.»

«Und warum?»

Gute Frage. Die Gründe, die ihm einfallen, verwirft er, weil sie ihm lächerlich vorkommen. Er weiß nicht, was er antworten soll.

Sie legt kurz ihre Hand auf seine. «Bist du beleidigt, wenn ich dir etwas sage?»

«Nein.»

«Weißt du, warum ich mich entschlossen habe, dir zu helfen?»

«Na, weil du auch wissen willst, was los ist, oder?»

«Nicht nur deshalb. Sondern auch, weil du immer so … na ja … tolpatschig wirkst, das ist so rührend.»

Obwohl die Wärme ihrer Worte und ihre zärtliche Geste ihm unterschwellig wohltun, ist Mauro gekränkt. «Bei meiner Arbeit gelte ich durchaus nicht als Tolpatsch. Ganz im Gegenteil», gibt er schroff zurück.

«Entschuldige», sagt Carla. «Ich habe nicht … ich wollte nicht … Jedenfalls bezog sich das nicht auf deine Arbeit.»

Es war nicht viel nötig, um die Stimmung zu zerstören, die sich gerade entwickelt hat. Ein unbehagliches Schweigen breitet sich zwischen den beiden aus. Der Kellner nutzt den Moment, um die Spaghetti zu servieren, die nach guter Hausmannskost schmecken. Als sie sie aufgegessen haben, sieht Mauro, wie Carla alarmiert erstarrt und sich eine Falte in ihre Stirn gräbt.

«Was ist denn?»

«Da ist ein Fotograf reingekommen.»

Mauro schaut sich um. Er entdeckt ein älteres, glatzköpfiges Männlein mit einem vorsintflutlichen Fotoapparat. Es wird sofort engagiert, um eine lautstarke Tischgesellschaft abzulichten.

«Kennst du ihn?»

«Nein.»

Carla lässt den Fotografen nicht aus den Augen.

«Ich dachte, die gibt's gar nicht mehr», sagt Mauro.

«Den habe ich hier noch nie gesehen», sagt Carla. «Er gefällt mir überhaupt nicht.»

Mauro staunt. Er dreht sich erneut zu dem Fotografen um, der nun ein Bild von Gästen an einem Tisch ganz in der Nähe macht. Der Mann sieht absolut harmlos aus.

«Aber das ist doch bloß ein armer …»

«Komm, wir gehen», sagt Carla extrem nervös und steht auf.

«Aber was hast du denn?», fragt der immer noch verblüffte Mauro und bleibt sitzen.

Wortlos beugt Carla sich vor, packt ihn am Arm und zerrt daran, so dass er gezwungen ist aufzustehen. «Komm, weg hier!»

Der Fotograf ist auf die zwei Aufbrechenden aufmerksam geworden. Er versperrt ihnen rasch den Weg und hebt die Kamera, kann jedoch nicht rechtzeitig abdrücken, weil Carla ihn mit einem heftigen Stoß aus dem Gleichgewicht bringt. Das alles geht blitzschnell, kaum ein Gast bemerkt etwas. Mauro und Carla stehen nun im Innenraum der Trattoria an der Kasse. Während er zahlt, überwacht sie die Tür zum Garten, doch der Fotograf taucht nicht mehr auf.

«Vertreten wir uns ein bisschen die Beine?», fragt Carla, als sie draußen sind. «Ich muss mich erst mal beruhigen.»

In dem kleinen Hafen herrscht ein reges Treiben, auf dem Kai müssen sie sich fast mit Ellbogen durch die Menge drängeln.

«Kehren wir um», sagt Carla kratzbürstig und unruhig.

Mauro gehorcht ohne einen Muckser.

«Mir ist der Appetit vergangen. Und dir?»

«Mir auch», antwortet Mauro.

«Also nichts wie weg hier.»

Sie erreichen den Parkplatz, steigen ins Auto, fahren los.

Mauro traut sich nicht zu fragen, wohin sie ihn bringt. Unversehens biegt Carla in eine schlecht asphaltierte, kaum beleuchtete, verkehrsarme Straße ein, an der dichtes Schilf wächst. Nach einer Weile fährt sie rechts ran, hält an und lässt ihren Kopf mit geschlossenen Augen gegen die Rücklehne fallen. Sie seufzt tief. «Jetzt fühle ich mich allmählich besser.»

Mauro sagt kein Wort.

Sie dreht sich zu ihm und schaut ihn an. «Vielleicht habe ich mich ja etwas albern benommen, was meinst du?»

«Offen gesagt, habe ich das nicht verstanden.»

«Kann sein, dass dieser Fotograf nur ein armer Schlucker ist, wie du gesagt hast, aber zurzeit ...»

«Was hast du gedacht?»

«Dass man ihn geschickt hat, um uns zu fotografieren.»

Mauro ist verwirrt.

«Uns beide zu fotografieren?»

«Na, wen denn sonst?»

«Aber aus welchem Grund?»

«Aus demselben Grund, aus dem man mich zu dir nach Hause geschickt hat.»

«Und was könnte so ein Foto beweisen?»

«Dass es eine Verbindung zwischen uns gibt, ein Verhältnis ...»

«Aber das wäre ein vollkommen harmloses Foto!»

«Stimmt, doch ausreichend, um, zum Beispiel, deinen Ehefrieden zu stören.»

«Ach, komm!»

«Nimm einmal an, man hätte mich heute Nachmittag heimlich fotografiert, als ich in euer Haus gegangen bin, und man würde dieses Foto und das aus der Trattoria mit den entsprechenden Anspielungen an deine Frau schicken ...»

Mauro ist wie vom Donner gerührt. Carla hat recht. Und doch … «Aber wie hätten die denn wissen können, dass wir heute Abend in diese Trattoria fahren? Es war deine Idee, und …»

«Das bedeutet, dass sie uns beschatten und sie uns gefolgt sind, als wir das Haus verlassen haben.»

Blitzartig kommt Mauro der schnauzbärtige Lockenkopf in den Sinn, der mit seinem Motorroller am Kiosk gegenüber vom Haus herumgelungert hat. Derselbe, der sich auch als sein Sekretär ausgegeben haben könnte. Vielleicht bildet sich Carla das alles doch nicht nur ein. Nervös schaut er sich um. Auf der Straße ist niemand, doch lässt sich nicht ausschließen, dass sie aus dem dichten Schilf beobachtet werden. «Meinst du, sie sind uns bis hierher gefolgt?»

«Nein, ich habe aufgepasst, als ich den Parkplatz verlassen habe, mir ist kein Auto nachgefahren.»

«Und was machen wir jetzt?»

«Ich bringe dich nach Hause.»

«Unter diesen Umständen wäre das nicht klug. Möglich, dass sie auf unsere Rückkehr warten.»

«Ich setze dich in der Nähe deiner Wohnung ab. Den Rest des Weges gehst du zu Fuß.»

«Einverstanden.»

«Ach, noch etwas: Natürlich können wir beide uns nicht mehr treffen.»

Für Mauro ist das ein schwerer Schlag. Doch er weiß, dass die junge Frau schon viel für ihn getan hat und er nicht noch mehr von ihr verlangen kann.

Carla ahnt, wie ihm zumute ist, legt ihm eine Hand aufs Knie und streichelt es. «Auch mir tut es sehr leid, dich nicht mehr wiederzusehen, aber es ist besser so, glaub mir. Wir können ja telefonieren, ab morgen früh. Jetzt lass uns zurückfahren.»

Carla hält kurz hinter der Brücke. «Von hier sind es fünf Minuten bis zu deiner Wohnung.»

Mauro dreht sich zu ihr. «Danke für alles, was du getan hast», sagt er.

Statt zu antworten, kommt sie dicht an sein Gesicht heran und haucht ihm einen Kuss auf die Wange.

Schweren Herzens öffnet Mauro die Tür, steigt aus und schließt sie wieder. Das Auto fährt weg, er macht sich auf den Weg nach Hause.

Er muss erneut an den Vorfall in der Trattoria denken und an Carlas außergewöhnliche Geistesgegenwart, durch die sie sich in eine Art Schutzengel verwandelt hat. Ein Engel, der ihm in den kommenden Tagen bedauerlicherweise nicht zur Seite stehen wird. Und der ihm schon fünf Minuten nach ihrem Abschied fehlt.

Plötzlich taucht der Schatten eines Mannes vor ihm auf.

Vor Schreck stolpert Mauro vom Gehsteig. «Was wollen Sie?», fragt er außer sich.

«Haben Sie Feuer?»

«Nein, ich rauche nicht.»

Mit klopfendem Herzen geht er weiter.

Ein heranrasender Motorroller streift ihn und drängt ihn auf den Gehsteig zurück. Zehn Schritte weiter vorn, genau unter einer Laterne, bremst der Roller scharf. Der Mann im Sattel hat die Füße auf den Boden gestellt und hält die Hände am Lenker. Der Motor tuckert leise. Der Mann scheint auf ihn zu warten.

Mauro läuft ein Schauer über den Rücken, er bleibt stehen.

Was tun? Weitergehen oder umkehren und die Beine in die Hand nehmen?

Da hebt der Mann die Hände, nimmt den Helm ab und schaut sich nach ihm um.

Mit dem Schnauzbart und den Locken ist er nur zu leicht

wiederzuerkennen. Er setzt sich den Helm wieder auf und fährt davon.

Mauro steht immer noch wie erstarrt da, eine Eisskulptur.

Sieben

Auch als das Knattern des Motorrollers verklungen ist, wagt er es nicht, sich zu rühren. Die Häuser vor ihm scheinen sich in die monströsen Bäume eines undurchdringlichen Dickichts verwandelt zu haben, in dem tödliche Gefahren und unvermeidbare Fallen lauern. Die Entfernung zu seiner Wohnung erscheint ihm so groß, dass sie eigentlich unüberwindlich ist. Nach und nach gewinnt er das Mindestmaß an Selbstbeherrschung wieder, das es ihm erlaubt, unter zahllosen Vorsichtsmaßnahmen bis zu seiner Haustür zu gelangen.

Kaum ist er wieder in den beruhigenden eigenen vier Wänden, fällt die Spannung schlagartig von ihm ab, und er sackt in seinem Arbeitszimmer in einen Sessel.

Warum ist er bloß so verängstigt? Im Grunde hat der Mann mit dem Motorroller doch nur den Helm abgenommen und sich umgedreht. Er hat ihn weder mit Gesten noch mit Worten bedroht. Und überhaupt, wenn er es recht bedenkt, mit welchen konkreten Beweisen kann er ihm denn eine Rolle in dieser Geschichte zuschreiben? Nur weil er ihm häufig begegnet? Vielleicht wohnt er ja in der Nachbarschaft! Und auch die Tatsache, dass der Mann, der sich in der Agentur als sein Sekretär ausgegeben hat, einen Schnauzbart und Locken hatte, beweist rein gar nichts. Sein Kollege, Inspektor Toniutti, nur mal so zum Beispiel, trägt auch einen Schnauzer und hat Locken. Mauro macht wohl gerade aus einer Mücke einen Elefanten.

Er steht auf, geht ins Bad, nimmt eine Dusche und geht ins Bett.

Doch kaum hat er sich hingelegt, drängt sich ihm mit Macht

das Bild des Mannes mit dem Motorroller auf. Dann kommen Fragen ohne Antwort. Oder mit einer ebenso wahrscheinlichen wie beunruhigenden Antwort.

Warum hat er angehalten, den Helm abgenommen und sich umgedreht? Er hatte keinerlei Veranlassung dazu, es sei denn, er wollte ihm etwas klarmachen. Und zwar Folgendes: Wohin du auch gehst, wir behalten dich im Auge.

Dann hat Carla also recht! Sie sind ihnen bis zur Trattoria gefolgt, und nur durch die Geistesgegenwart der jungen Frau ist ihr Plan fehlgeschlagen.

Jetzt ist er wieder unruhig. Er steht auf, gießt sich einen ordentlichen Whisky ein und setzt sich in sein Arbeitszimmer.

Der Klingelton seines Handys lässt ihn in die Höhe fahren. Es ist Carla. Ob sie auch eine unangenehme Begegnung gehabt hat?

«Was ist passiert?», fragt er besorgt, bevor sie überhaupt den Mund aufmachen kann.

«Nichts. Ich wollte nur hören, wie es dir geht.»

Sofort beschließt er, ihr nichts von dem Zwischenfall mit dem Mann auf dem Motorroller zu erzählen. Wozu auch sie noch beunruhigen?

«Ich wollte gerade ins Bett gehen. Und du?»

«Ich auch. Und ich wollte dich um Entschuldigung bitten.»

«Weshalb denn?»

«Wegen des Theaters, das ich in der Trattoria veranstaltet habe. Ich habe mich benommen wie eine dumme Gans. Denk nicht mehr daran und schlaf schön. Gute Nacht.»

«Gute Nacht.»

Schlaf schön. Es ist, als hätte Carla einen Zauberspruch gesagt. Keine zehn Minuten, nachdem er sich wieder hingelegt hat, fällt er in einen abgrundtiefen Schlaf.

Bereits um acht Uhr morgens sitzt er nach einem Telefonat mit Muttina, bei der er sich dafür entschuldigt hat, sie am Vorabend nicht angerufen zu haben, wunderbar erfrischt am Computer, mit klaren Ideen und dem festen Willen, die verlorene Zeit aufzuholen. Er arbeitet unermüdlich, und als die Marschmusik seines Handys ihn herausreißt, stellt er mit einem Blick auf die Uhr erstaunt fest, dass es schon elf ist. Carla ist am Apparat.

«Guten Morgen. Hast du gut geschlafen?»

«Ja, du auch?»

«Ja. Ich habe eine gute Nachricht für dich. Ich habe mit Elena gesprochen.»

«Mit der Sekretärin?»

«Ja. Sie macht mit.»

«Sie besorgt dir eine Kopie des Formulars?»

«Sie hat es mir versprochen.»

«Und wann bekommst du sie?»

«Heute Nachmittag geht sie extra deswegen in die Agentur, sie hat einen Schlüssel.»

«Aber sie könnte auf Maurizio treffen!»

«Nein, sie ist sich sicher, dass er nicht in Rom ist.»

«Dann bleibt uns nur noch, die Daumen zu drücken.»

«Alles wird gut, du wirst sehen. Ich rufe dich an, sobald Elena sich gemeldet hat.»

Er setzt sich mit noch größerem Eifer als zuvor wieder an die Arbeit. Gegen eins zwingen ihn die Anzeichen eines beträchtlichen Hungers zu einer Pause. Er könnte ein schönes, kleines Mittagessen vertragen. Es gibt da ein Restaurant, dessen Tische direkt am Tiber-Ufer stehen … Und es ist ein so herrlicher Tag! Allerdings kommt man nur mit dem Auto dorthin. Na wenn schon, alles in allem dauert die Fahrt höchstens zwanzig Minuten.

Der Kiosk gegenüber vom Hauseingang hat schon geschlossen, keine Spur von dem Schnauzbart mit dem Motorroller. Das riesige Parkhaus, in dem sein Auto steht, ist immer geöffnet, auch nachts, auch sonntags. Er geht hinein, erwidert den Gruß des Wächters und übergibt dem Gehilfen die Autoschlüssel. Das Parkhaus ist halb leer, der Mann wird seinen Wagen bestimmt leicht finden. Doch eine Minute nach der anderen vergeht, ohne dass der Gehilfe zurückkommt.

«Was macht der denn so lange?», fragt Mauro den Wächter ungeduldig.

«Pff.»

Endlich taucht der Gehilfe wieder auf. «Ich finde ihn nicht», sagt er.

«Was soll das heißen?», fragt Mauro verdattert.

«Das heißt, dass er Tomaten auf den Augen hat», erläutert der Wächter und verlässt sein Glashäuschen. Zu seinem Mitarbeiter sagt er: «Komm mit.»

Die beiden verschwinden, um kurz darauf wieder aufzutauchen. «Is' nich' da», sagt der Wächter lakonisch und reicht Mauro die Schlüssel.

Der nimmt sie prompt. Doch als er sie in der Hand hat, wird er wütend. «O nein! Das habt ihr euch so gedacht! Ich will meinen Wagen, und zwar sofort!»

«Sind Sie ganz sicher, dass Sie ihn nicht schon rausgefahren haben?», fragt der Gehilfe.

«Ich muss doch sehr bitten!»

«Moment mal», sagt der Wächter. «Ich hab heute Morgen um sieben angefangen und weiß genau, dass niemand Ihren Wagen abgeholt hat. Vielleicht hat Walter von der Nachtschicht … Nur eine Minute, ich ruf ihn mal an.»

Er geht in sein Glashäuschen zurück und wählt eine Nummer. «Hallo, Walter? Michele hier. Entschuldige die Störung, aber weißte irgendwas von Dottor Assantes Wagen? Ach ja? Warte, ich geb ihn dir mal.» Er reicht Mauro den Hörer.

«Tag, Dottore. Was is'n los?»

«Mein Auto steht nicht im Parkhaus, das ist los!», platzt es aus Mauro heraus.

Als Walter antwortet, klingt er hochgradig überrascht. «Aber Dottore, wissen Sie denn nicht mehr?»

«Was denn?»

«Dass Sie mich angerufen haben.»

«Ich?!»

«Ja, Sie!»

«Und wann war das?»

«Heute früh um halb sechs.»

Mit einer Anstrengung, die ihm Schweißperlen auf die Stirn treibt, zwingt Mauro sich, ruhig zu bleiben. «Und was habe ich gesagt?»

Walters Stimme klingt immer erstaunter. «Na, dass ich das Auto Ihrem Sekretär geben soll, der mit dem Schlüssel vorbeikommen wird. Zur Sicherheit haben Sie mir noch gesagt, dass er Mario Dominici heißt und sich ausweisen wird.»

«Wann ist er denn gekommen?»

«Kurz nach Ihrem Anruf.»

«Hast du ihn gesehen?»

«Ja, natürlich!»

«Wie sah er aus?»

«Er hatte einen Schnauzbart, Locken …»

Das wundert Mauro nun überhaupt nicht. Im Gegenteil, er hätte beide Hände dafür ins Feuer gelegt.

«Ach übrigens, Dottore, ich hab mir vorsichtshalber seine Ausweisnummer notiert.»

«Ach ja? Wo steht die denn?»

«Bitte geben Sie mir Michele noch mal.»

Nachdem der Parkhauswächter seinem Kollegen zugehört hat, kramt er in einem Schubfach und gibt Mauro schließlich einen Zettel, auf dem steht: MARIO DOMINICI – VIA CAS-

SANDRO 27 – ROM – PERSONALAUSWEISNUMMER AU 35007850.

«Alles klar?», fragt der Wächter.

«Ja, danke.»

Er hat dort nichts mehr verloren. Unter den noch immer etwas erstaunten Blicken der beiden Männer dreht er sich um und verlässt das Parkhaus.

Es wäre dumm, sich über den Nachtwächter zu ärgern, der immerhin glaubte, ihm einen Gefallen zu tun. Vielmehr hat er ihm einen Gefallen ja durchaus getan, und zwar einen gewaltigen. Durch Walter hat der unauffindbare Sekretär nun einen Namen und eine Adresse.

Hunger hat er nun nicht mehr. Er möchte nur noch möglichst schnell in sein Arbeitszimmer zurück, um etwas Ordnung in die große Verwirrung zu bringen, die in seinem Kopf herrscht.

Als er in Sichtweite seines Hauses ist, bleibt er wie angewurzelt stehen. Er traut seinen Augen nicht, das muss eine Täuschung seiner überstrapazierten Sinne sein.

Er reibt sich die Augen und macht vorsichtig noch zwei, drei Schritte, um besser zu sehen. Jetzt besteht kein Zweifel mehr.

Da steht sein Auto, am Gehweg geparkt, genau vor dem Eingangstor.

Als er vor vielleicht einer halben Stunde das Haus verlassen hat, war es nicht da, da ist er sich absolut sicher. Also haben sie die halbe Stunde, die er im Parkhaus vertrödelt hat, genutzt, um es dort abzustellen, wo es jetzt steht. Was bedeutet, dass sie lückenlos alles überwachen, was er tut. Womöglich haben sie gegenüber eine Wohnung angemietet. Und vielleicht beobachten sie ihn auch jetzt, in genau diesem Moment. Was tun? Das Klügste ist, sich vollkommen normal zu verhalten, ohne das geringste Anzeichen von Nervosität.

Als er auf das Haus zugeht, vermeidet er es tunlichst, in die Nähe seines Autos zu kommen, als wäre es eine Bombe, die jede Sekunde hochgehen könnte. Hastig öffnet er die Haustür, schließt sie atemlos hinter sich, stürmt die Treppe hoch, öffnet die Wohnungstür und stürzt zum Fenster seines Arbeitszimmers, das er offen gelassen hat.

Das Auto steht immer noch da.

Er braucht dringend eine Abkühlung, duscht ausgiebig und hat danach keine Lust, sich wieder anzuziehen, selbst die Unterwäsche ist ihm zu viel. Nackt kehrt er in sein Arbeitszimmer zurück und setzt sich.

Unter der Dusche ist ihm plötzlich aufgegangen, wozu der Streich mit dem Auto gut sein sollte. Begriffsstutzig, wie er war, hatte er ihrem miesen Spiel auch noch Vorschub geleistet, indem er zu Michele sagte, dass alles in Ordnung sei, obwohl es doch nur normal gewesen wäre, wenn er ein Fass aufgemacht, protestiert und mit Anzeigen in alle Richtungen gedroht hätte. Und die dann auch wahr gemacht hätte. Stattdessen räumte er, um sich versöhnlich zu zeigen, indirekt ein, dass er angerufen und es ein paar Stunden später schon wieder vergessen hatte. So können Walter, Michele und dieser Blödmann von einem Gehilfen nun besten Gewissens behaupten, Dottor Assante, der Ärmste, habe einen kleinen Webfehler. Was wohl in der Familie liege, denn man munkelt ja, seine Schwester …

Kann man da noch Abhilfe schaffen? Und falls ja, wie? Ist es nicht vielleicht angeraten, zuallererst ein paar Takte mit diesem angeblichen Sekretär zu reden? Ihn dazu zu bringen, ihm im Guten oder im Bösen die Namen der Leute zu verraten, die diesen Nervenkrieg gegen ihn entfesselt haben?

Ihn überkommt das unwiderstehliche Verlangen, Carla an seiner Seite zu haben. Wenigstens ihre Stimme zu hören. Er ist kurz davor, sie anzurufen. Dann überlegt er es sich anders. Er möchte nicht aufdringlich erscheinen, zumal sie ja schon bald ihn anrufen würde. Denkbar, dass sie den Sonntagnachmittag in Gesellschaft verbringt. Undenkbar, dass eine so schöne Frau keinen Mann hat, keinen Verehrer. Vielleicht hat sie gerade Sex. Und er, seit wann hat er schon keinen mehr? Am nächsten Wochenende wird er Muttina und Stefano besuchen, komme, was da wolle. Er wirft einen Blick auf das Foto auf dem Schreibtisch. Durch einen seltsamen Lichteffekt ist Muttinas Kopf wie ausradiert, sie scheint enthauptet zu sein. Das ist ihm sehr unangenehm. Er steht auf, verschiebt das Bild ein wenig und setzt sich wieder. Nun lächelt Muttina ihn wieder an, und er erwidert ihr Lächeln.

Es klingelt. Er geht zur Tür und öffnet sie. Die Baronessa macht einen Satz zurück, mustert ihn von Kopf bis Fuß, lächelt. «Danke für das Angebot, mein Lieber. Doch leider bin ich nicht mehr in dem Alter ...»

Was faselt diese verrückte Alte da bloß?

«Wie bitte?»

Das Lächeln der Baronessa wird noch markanter. «Also gut, wenn Sie gestatten, ziehe ich mit Ihnen gleich.»

Sie fängt an, sich die Bluse aufzuknöpfen. Da wird Mauro bewusst, dass er splitternackt ist.

«Ver... Verzeihung», stammelt er.

Er stürzt davon, um sich seinen Bademantel überzuziehen. Zutiefst verlegen kommt er zurück. Die Baronessa steht in der Diele.

«Heraus mit der Sprache, ich schwöre, dass ich Ihrer Frau nichts verraten werde: Wen haben Sie erwartet?»

«Niemanden, Baronessa. Ich war gerade duschen und ...»

«Schon gut, schon gut, tun wir mal so, als würden wir das glauben. Kommen Sie heute Abend zu uns rauf?»

«Heute Abend bin ich schon verabredet, tut mir leid.»

«Aha, ich verstehe», sagt die Baronessa anzüglich. «Dann morgen?»

«Ja, gut.»

«Viel Glück», wünscht die Baronessa lachend.

Mauro schließt fluchend die Tür hinter ihr. Jetzt wird dieses Lästermaul wer weiß was herumerzählen! Dieser Gedanke bringt ihn auf einen anderen. Auf einen Gegenzug, der recht wirksam sein könnte. Er zieht sich tadellos an, steckt sein Handy ein, verlässt das Haus, steigt in sein Auto und fährt zum Parkhaus.

«Also haben Sie es wiedergefunden, Dottore?», sagt Michele.

«Ja», antwortet Mauro, steigt aus und überlässt dem Gehilfen seinen Platz.

«Und wer war das nun?»

«Mein Sekretär. Er hat Walter angerufen und sich für mich ausgegeben, so dass der dachte, ich wäre am Apparat. Und da er so was schon öfter mit mir gemacht hat, habe ich ihn gefeuert.»

«Leute gibt's!», kommentiert der Parkhauswächter.

Der Gehilfe kommt zurück und händigt Mauro die Autoschlüssel aus. Dieser verabschiedet sich und geht. Er hat einen Flicken aufgesetzt, wie man in Rom sagt. Hoffen wir, dass er hält.

Acht

Carla ruft und ruft nicht an, Mauro wird immer nervöser. Nicht wegen der Informationen, die sie ihm geben könnte, die sind wertlos geworden, nachdem er den Namen und die Adresse des Mannes in Erfahrung gebracht hat, der sich als sein Sekretär ausgibt. Nein, nervös macht ihn die Vorstellung, sie könnte ihn vernachlässigen oder ihm nur eine Nebenrolle in ihrem Leben zubilligen. Er muss, wenn auch mit zusammengebissenen Zähnen, zugeben, dass diese Frau es ihm angetan hat. Und dieser Zustand, der ihn fasziniert und erschreckt, ist absolut neu für ihn. Außerdem spürt er, dass er nicht falsch mit dem Gedanken liegt, Carla empfinde mehr als nur Sympathie für ihn. Endlich, kurz nach sechs, meldet sie sich.

«Wie ist es gelaufen?»

Sie redet in einem Tonfall, den er an ihr noch nicht kennt, leise und traurig. «Du glaubst nicht, wie leid es mir tut, dir das sagen zu müssen, aber es war ein Schlag ins Wasser.»

«Was meinst du damit?»

«Elena hat ewig gesucht und alles durchstöbert, hat aber nichts gefunden.»

«Und das heißt?»

«Das heißt, dass Maurizio durch meine Fragen vielleicht alarmiert war und das Formular hat verschwinden lassen.»

«Gibt es denn keinen Zahlungsnachweis?»

«Unter den Einnahmen ist nichts verzeichnet.»

«Demnach hat er uns reingelegt.»

«Demnach ist es so, als wäre dein ‹Sekretär› nie in der Agentur gewesen.»

«Und was jetzt?»

Carlas Tonfall wird noch trauriger. «Es tut mir so leid, aber ich glaube nicht, dass ich dir noch weiterhelfen kann.»

So leicht sollte sie ihn nicht loswerden. Mauro stellt ihr die Frage, die ihm am meisten auf der Seele brennt. «Möchtest du mir denn noch helfen?»

«Natürlich», ruft Carla aus. Dann fügt sie hinzu: «Wenn es nur eine Möglichkeit gäbe …»

«Es gibt eine. Was, wenn ich dir erzähle, dass ich den Namen und die Adresse dieses falschen Sekretärs habe …»

Er hört, wie Carla die Luft anhält. Dann sagt sie freudig: «Wirklich?»

«Meinst du, ich mache Witze?»

«Wie hast du das denn geschafft?»

Mauro hält den richtigen Zeitpunkt für gekommen, um ihr seinen Vorschlag zu unterbreiten. Er hat Carlas Neugier geweckt, also … «Das kann ich dir nicht alles am Telefon erzählen. Wenn wir uns sehen könnten … nur kurz …»

Carla schweigt.

Ist es so riskant, sich zu treffen? Vielleicht hat er einen Fehler gemacht.

«Bist du noch dran?»

«Ich habe gerade nachgedacht. Wenn wir uns treffen wollen, müssen wir es so machen, dass kein Mensch uns sieht.»

«Da bin ich ganz deiner Meinung.»

«Weißt du, ich habe eine Freundin, die verreist ist und mir ihre Schlüssel dagelassen hat. Wir könnten uns in ihrer Wohnung treffen. Was hältst du davon?»

«Das ist eine ausgezeichnete Idee.»

«Es ist besser, wenn wir nicht mit unseren Autos fahren.»

«Wir nehmen ein Taxi.»

«Komm nach zehn Uhr. Via De Concini 32. Der Name an der Klingel ist Liberti. Es gibt einen Aufzug. Vierter Stock.»

«Bis nachher.»

Lächelnd legt er auf. Die Aussicht, Carla in wenigen Stunden wiederzusehen, versetzt ihn in eine leichte Euphorie, wie nach einem starken Schnaps. Er ertappt sich dabei, wie er einen Schlager jault, dessen Text er nicht kennt.

Bevor er das Haus verlässt, um in ein Restaurant in der Nähe zu gehen, ruft er Muttina an.

Stefano hat leichtes Fieber, nichts Besorgniserregendes, nur die Auswirkung seiner schweißtreibenden Läufe über die Wiesen.

«Hast du heute auch gearbeitet?», erkundigt sich Muttina.

«Natürlich.»

«Wenigstens sonntags könntest du dich doch erholen. Die Baronessa hat mir erzählt, du hättest heute Abend eine Verabredung.»

«Ja, ein Kollege braucht meinen Rat.»

«Und was ist mit deiner Assistentin, dieser hübschen …»

«Mit welcher Assistentin?»

«Ach, hast du so viele?»

«Komm schon, Muttina, sei nicht albern!»

Muttina lacht. Sie verabschieden sich. Auf Distanz zu lügen ist eigentlich gar nicht so schwer.

Im Restaurant erscheint er mit einem Bärenhunger. Systematisch schaufelt er alles weg, was er bestellt hat, und genehmigt sich zum Schluss einen Whisky, den er mit langsamen Schlucken trinkt. Nachdem er auf die Uhr gesehen hat, gestattet er sich noch einen. Schließlich zahlt er und lässt sich ein Taxi rufen.

Um 10.10 Uhr steht er vor dem Haus in der Via De Concini. Er drückt auf die Klingel, und sofort öffnet sich die Tür. Sein Herz schlägt schnell. Er nimmt den Fahrstuhl und steigt im vierten Stock aus. Carla erwartet ihn an einer offenen Tür, rückt beiseite, um ihn hereinzulassen, schließt die Tür, küsst ihn auf die Wange und greift nach seiner Hand.

«Komm.»

Sie betreten ein kleines, schick eingerichtetes Wohnzimmer, Carla bietet ihm einen Platz auf dem Sofa an.

«Möchtest du was trinken? Meine Freundin ist bestens eingedeckt.»

«Danke, später vielleicht.»

Sie setzt sich neben ihn. Mauro erkennt den Duft ihres Parfüms wieder. Ihre Hüfte berührt seine, wie an dem Abend, als sie beide am Fenster seines Arbeitszimmers gestanden haben. Kaum zu glauben, aber sie sieht noch umwerfender aus als am Vortag. Mauro muss sich beherrschen, um ihr nicht den Arm um die Schulter zu legen und sie an sich zu ziehen.

«Na dann, erzähl mal.»

Er beschränkt sich darauf, ihr den Vorfall im Parkhaus zu schildern, und erklärt ihr, der sei nur mit der Absicht inszeniert worden, ihn als jemanden hinzustellen, der nicht mehr alle Tassen im Schrank hat. Dann zieht er den Zettel hervor, den Michele ihm gegeben hat, und reicht ihn ihr. Carla nimmt ihn und liest.

«In der Agentur wird Dominici denselben Ausweis vorgezeigt haben», sagt sie schließlich.

«Bestimmt.»

Sie gibt ihm den Zettel zurück.

«Und was hast du jetzt vor?»

«Morgen früh gehe ich zu ihm und …»

«Bist du sicher, dass er dann zu Hause ist?»

«Keine Ahnung.»

«Das ist eine brenzlige Sache, du solltest vorsichtig sein. Wäre es nicht besser, wir würden versuchen, erst noch mehr herauszufinden?»

«Und wie?»

«Das lass nur meine Sorge sein.»

Sie geht hinaus und kommt mit zwei Gläsern Whisky wieder.

Eines gibt sie Mauro. «Hier, bitte. Ich gehe nach nebenan und telefoniere mal ein bisschen herum.»

Mauro hört sie im Nachbarzimmer zeitweise flüstern. Er hat gerade ausgetrunken, als sie zurückkommt.

«Dieser Mario Dominici, wohnhaft in der Via Cassandro, steht nicht im Telefonbuch.»

«Das fängt ja gut an.»

«Dafür habe ich herausgefunden, dass es die Via Cassandro gibt.»

«Und wo?»

«Ein Stück weiter weg. Sie kreuzt die Via Togliatti.»

«Merkwürdig.»

«Warum?»

«Aus verschiedenen Gründen war ich davon überzeugt, dass er bei mir in der Nähe wohnt.»

«Beim Telefonieren ist mir etwas eingefallen, das ...» Sie bricht ab.

Mauro drängt sie. «... das?»

«... dir nicht gefallen wird.»

«Sag es trotzdem.»

«Vorher wollen wir uns stärken.»

Sie geht hinaus und kommt mit zwei weiteren Gläsern Whisky zurück. Sie setzt sich aufs Sofa, dicht neben Mauro.

«Mir ist aufgefallen, dass es da einen deutlichen Widerspruch gibt.»

«Wo denn?»

«Im Verhalten des falschen Sekretärs.»

«Das musst du mir erklären.»

«Er hätte voraussehen müssen, dass die aus dem Parkhaus dir seine Daten geben.»

«Auch der schlaueste Verbrecher macht mal einen Fehler.»

Carla schüttelt den Kopf. «Meiner Meinung nach hat er durchaus keinen Fehler gemacht.»

«Das verstehe ich nicht.»

«Er hat zugelassen, dass sie seine Daten aufnehmen, weil er genau wusste, dass sie nichts nützen.»

«Sie nützen nichts?»

«Nein, weil der Ausweis, den er vorgezeigt hat, zu neunundneunzig Komma neun neun Prozent gefälscht ist.»

Dieser Verdacht war Mauro auch schon gekommen, als Michele ihm den Zettel gegeben hatte, doch er hatte ihn sofort wieder verworfen, weil er unter allen Umständen daran glauben wollte, endlich etwas in der Hand zu haben, womit er seine Verfolger bloßstellen konnte. Daher sind Carlas Worte niederschmetternd für ihn.

«Bis morgen halte ich diese Unsicherheit nicht aus», murmelt er und rutscht auf dem Sofa tiefer, den Kopf nach hinten, die Augen geschlossen. Er könnte sich an Gaslini wenden, doch es ist schon spät, und ihn schon wieder anzurufen … Der wird ihn für eine Nervensäge halten.

Carla streichelt ihm sanft das Gesicht und schmiegt sich enger an ihn. «Falls dir danach ist …»

«Wonach?»

«Einen Weg, die Sache sofort zu klären, gibt es durchaus.»

«Und welchen?»

«Sofort in die Via Cassandro 27 zu fahren. Und falls Mario Dominici dort ist, stellst du ihn zur Rede.»

«Und du?»

«Ich komme natürlich mit. Mehr noch, ich fahre dich mit dem Auto meiner Freundin hin.»

Vom Whisky und von einer Woge der Dankbarkeit überwältigt, kann Mauro sich nicht länger beherrschen. Ungestüm umarmt er die junge Frau und presst seine Lippen auf ihren Mund. Für einen langen Augenblick gibt Carla sich dem hin, dann löst sie sich aus der Umarmung.

«Los, lass uns gehen.»

Sie verlassen das Haus.

«Du hast das Licht brennen lassen», bemerkt Mauro.

«Das macht nichts, wir kommen ja gleich zurück.»

Der Volvo ihrer Freundin steht ganz in der Nähe. Sie steigen ein, fahren los.

Obwohl nur wenig Verkehr herrscht, braucht Carla an die vierzig Minuten bis zur Via Cassandro, einer schmalen, kaum beleuchteten Straße. Die Nummer 27 ist ein heruntergekommenes, vierstöckiges Gebäude. Die Haustür ist zu. Gemeinsam lesen Mauro und Carla die Namen auf den Klingelschildern.

Einen Dominici gibt es dort nicht.

«Du hattest recht», sagt Mauro enttäuscht.

«Moment», sagt Carla. «Es kann doch sein, dass der Name an der Klingel der seiner Frau ist oder dass er zur Untermiete wohnt …»

«Ja, aber wen könnten wir da fragen?»

«Wenn es dir recht ist, komme ich morgen früh noch mal her und erkundige mich bei jemandem, der hier wohnt.»

«Einverstanden.»

Als sie ins Auto steigen, sehen sie einen Mann auf das Haus zugehen und ein Schlüsselbund aus der Tasche ziehen.

«Signore!», ruft Carla prompt.

Der Mann bleibt stehen und schaut die beiden an, die auf ihn zukommen. «Ja, bitte?»

Carla übernimmt das Reden. «Entschuldigen Sie die Störung, aber Sie wohnen doch hier, oder?»

«Ja.»

«Wir suchen einen Freund, doch vielleicht haben wir uns in der Hausnummer geirrt, denn an der Klingelanlage steht kein …»

«Wie heißt er denn?», unterbricht sie der Mann.

«Mario Dominici.»

«Der wohnt hier ganz sicher nicht.»

«Könnte er nicht bei jemandem zu Besuch sein?»

«Das halte ich für ausgeschlossen.»

«Er ist nicht sehr groß, hat einen Schnauzbart, lockige Haare und einen Motorroller», redet Mauro dazwischen.

Der Mann schüttelt den Kopf, schließt die Haustür auf und geht hinein, die Tür fällt ins Schloss. Widerstrebend gehen die zwei weg.

Auf dem Weg zurück in die Via De Concini sagt Carla: «Trotzdem können wir mit absoluter Gewissheit weder sagen, dass Dominici nicht hier wohnt, noch dass sein Ausweis gefälscht ist.»

«Diese Gewissheit zu bekommen ist schwierig.»

Carla schweigt. Dann sagt sie: «Ich habe da eine Idee.»

Mauro sieht sie voller Bewunderung an. Was für ein Glück, dass er sie getroffen hat! Und wie viel Sicherheit es ihm gibt, sie an seiner Seite zu wissen!

«Kannst du den Zettel mit Dominicis Personalien in meine Tasche stecken?»

Mauro tut, wie ihm geheißen, und fragt: «Wozu brauchst du den?»

«Ich gehe morgen zum Polizeirevier. Dort finden sie garantiert heraus, ob die Angaben falsch sind.»

«Und was willst du denen erzählen?»

«Irgendein Märchen. Darüber denke ich nach dem Schlafen nach. Es ist also nicht mehr nötig, dass du noch mit in die Via De Concini kommst.»

Mauro ist untröstlich. «Du willst mich loswerden?»

«Nein, aber wenn wir ein Taxi sehen …»

«Wenn wir ein Taxi sehen, tun wir so, als ob nichts wäre. Ich will noch länger mit dir zusammen sein.»

Na bitte, er hat es gesagt. Da hat er den Salat.

«Nur ganz kurz?»

«Nur ganz kurz.»

«Versprochen?»

«Versprochen.»

Neun

Alles, was er Carla in der Verlängerung, die sie ihm gewährte, hat abringen können, waren zwei lange, leidenschaftliche Küsse, nun ja, immerhin, und eine kleine, unbeholfene Liebkosung ihrer Brüste. Dann hat sie sich geweigert, ihm noch etwas zu trinken zu geben, und ihn buchstäblich rausgeworfen. Auf eine freundliche Art, gewiss, doch fest steht, dass er sich mitten im schönsten Tun unerbittlich auf den Treppenabsatz gedrängt sah.

«Bring mich wenigstens noch nach Hause ...»

«Lieber nicht. Geh nur schon runter, ich rufe dir inzwischen ein Taxi.»

«Und was ist mit dir?»

«Ich bleibe hier. Ich werde hier übernachten.»

Das Ende vom Lied war, dass er sich, nachdem er ins Bett gegangen war, lange herumquälte, denn zunächst konnte er kein Auge zutun wegen des heißen, unerträglichen Verlangens nach Carla und später wegen des schlechten Gewissens, seine Muttina betrogen zu haben.

Um sieben Uhr, als er sich gerade fertig anzieht, ruft ihn Danika an, die Haushaltshilfe, die sie seit drei Jahren haben und die jeden Morgen außer sonntags zu ihnen kommt. Sie teilt ihm mit, dass ihre – absolut zuverlässige – Cousine Zinaida sie für eine Woche vertreten und nach dem gewohnten Zeitplan bei ihnen putzen werde. Sie habe Signora Muttina am Vorabend Bescheid gesagt, und sie sei einverstanden gewesen, fügt sie hinzu. Diese Nachricht interessiert ihn nicht weiter, er hat Danika allenfalls fünfmal gesehen, denn sie kommt für gewöhnlich um neun und geht um eins, wenn er im Büro ist.

Bevor er das Haus verlässt, tritt er vorsichtig ans Fenster seines Arbeitszimmers. Mit forschenden Blicken sucht er die Straße ab. Der Mann mit dem Motorroller alias Dominici oder Weiß-der-Teufel-wie ist nicht in der Nähe, es sei denn, er würde sich hinterm Kiosk verstecken. Besser so, denn schlecht gelaunt, wie Mauro ist, würde er diesmal schnurstracks auf ihn losgehen.

Er kommt vorzeitig im Büro an, und das gibt ihm die Chance, sein Zimmer zu erreichen, ohne einem seiner Kollegen zu begegnen. Unter ihren Blicken würde er sich sehr unbehaglich fühlen. Er setzt sich an seinen Schreibtisch, ohne etwas zu tun, und zählt die Minuten bis zum Beginn der Arbeitszeit. Dann erst ruft er über die interne Hausleitung Biraghis Sekretärin an.

«Guten Morgen, Assante hier. Würden Sie bitte den Dottore fragen, ob er mich empfangen kann?»

Die Antwort kommt nach wenigen Sekunden. Er möge aber sofort kommen, später habe der Dottore ein Meeting.

«Ich bin gleich da.»

Zum Glück liegt das Zimmer des Chefs gleich zwei Zimmer weiter. Doch die wenigen Schritte genügen, um Mauros schlechte Laune in hochgradige Nervosität zu verwandeln. Die auch vor dem ungewohnt herzlichen Lächeln nicht nachlässt, mit dem Biraghi ihn begrüßt.

«Mein Lieber! Setzen Sie sich doch. Was macht die Familie?»

«Der geht's gut, danke», antwortet Mauro und setzt sich auf den Stuhl vor dem Schreibtisch.

Ihn beschleicht der Gedanke, dass er vielleicht gerade alles falsch macht. Biraghi um ein Gespräch zu bitten, ist wahrscheinlich nicht der richtige Schachzug gewesen. Doch für einen Rückzieher ist es nun zu spät.

«Was gibt es denn?»

Mauro nimmt den anonymen Brief aus seiner Tasche und legt ihn wortlos vor ihn hin.

Biraghi streckt die Hand aus, nimmt ihn, wirft einen flüchtigen Blick auf die Adresse und gibt ihn Mauro zurück, nachdem er ihn kurz gewogen hat.

Mauro staunt Bauklötzer. «Wollen Sie ihn denn nicht lesen?»

«Nein.»

«Und warum nicht?»

«Ich kenne seinen Inhalt schon.» Biraghi öffnet ein Schubfach, nimmt einen Brief heraus, der Mauros zum Verwechseln ähnlich sieht, zeigt ihn ihm, legt ihn ins Schubfach zurück und schließt es. «Zu Ihrer Information, es gibt niemanden im Direktorium, der ihn nicht erhalten hat.»

Mauro hat das deutliche Gefühl, dass ihm die Decke samt der Lampe auf den Kopf gefallen ist. Einige Augenblicke sitzt er mit offenem Mund da und bringt kein Wort heraus. Dann fasst er sich.

Und ihm entfährt eine Art Schrei. «Das ist eine hinterfotzige Gemeinheit!»

«Ja, aber …»

«Und ich will mich dagegen verwahren!»

Biraghi verzieht den Mund. «Wogegen?»

«Gegen das, was diese Mistkerle … geschrieben haben … nämlich, dass meine Schwester …»

«Entschuldigen Sie, Assante, aber stimmt es, oder stimmt es nicht, dass Ihre Schwester in einer Klinik für Geisteskrankheiten verstorben ist?»

«Das stimmt, aber …»

«Wogegen wollen Sie sich also verwahren? Gegen die Wahrheit? Sie sollten sich lieber vor Augen halten, dass der Tod Ihrer Schwester, bis zum Beweis des Gegenteils, kein Verbrechen ist.»

Mauro lässt sich nicht den Wind aus den Segeln nehmen. «Verwahren ist vielleicht nicht das richtige Wort. Ich will nur klarstellen, dass sie … nun ja, nicht verrückt war … Nach dem Tod ihres Mannes bekam sie eine schwere Depression, und da hat ein Freund von uns, ein Psychiater ... aber sie hat es nicht mal eine Woche ausgehalten und sich ...» Er kann nicht weitersprechen.

«Das Leben genommen?», erkundigt sich Biraghi.

«Ja.»

«Und wie beabsichtigen Sie, das klarzustellen?», redet Biraghi weiter. «Indem Sie einen Rundbrief an mich und das ganze Direktorium schreiben? Meines Erachtens würde das die Dinge nur noch schlimmer machen.»

«Schlimmer machen?»

«Allerdings.»

«Und wieso?»

«Weil Sie den Eindruck erwecken würden, dass Sie diesem anonymen Brief eine extrem große Bedeutung beimessen.»

«Ich soll also nicht darauf reagieren?»

«Auf gar keinen Fall. Die traurige Geschichte Ihrer Schwester, die man uns mitteilen wollte, ändert nicht das Geringste an der positiven Meinung, die wir alle hier hinsichtlich Ihres seelischen Gleichgewichts, Ihrer Sachkenntnis und Ihrer Seriosität haben. Also, was soll's? Ganz anders sähe es aus, wenn man diese Geschichte mit bösen Unterstellungen an die Zeitungen schicken würde. Dann würde unser Institut seine Anwälte einschalten und Sie gebührend verteidigen. Habe ich mich klar ausgedrückt?»

«Absolut. Doch inzwischen bin ich ...» Wieder stockt er. Er ist unsicher. Kann er Biraghi über den Weg trauen? Kann er vollkommen offen mit ihm reden?

«Doch inzwischen sind Sie?»

Jetzt gab es kein Zurück mehr. «Ich ... ich ... na ja, ich werde ständig unter Druck gesetzt, was mich ... in Schwierigkeiten bringt.»

Schlagartig verfinstert sich Biraghis Gesicht. «Einen Augenblick, bitte. Sie werden von denen aus der Banca Santamaria unter Druck gesetzt?»

«Ja … allerdings … indirekt, ja.»

«Was für ein Druck ist das?»

Mauros Hände sind schweißnass. Seine Nervosität verhindert, dass er die Fakten der Reihe nach vortragen kann.

«Sie senden meiner Frau eine Enzyklopädie für Kinder, die sie gar nicht bestellt hat … Sie schicken mir wildfremde Leute ins Haus … sie versuchen mich im Restaurant zu fotografieren …»

Biraghi hört ihm verwundert zu. «Ist das alles? Aber das ist doch kein …»

«Warten Sie. Dann ist da noch so ein Typ mit einem Motorroller, der benutzt einen falschen Ausweis und gibt sich als mein Sekretär aus und …» Er wischt sich die Hände an seiner Hose ab.

«Und was soll dieser Pseudosekretär getan haben?»

«Ach! Alles Mögliche. Zum Beispiel hat er sich für mich ausgegeben und mein Auto aus dem Parkhaus geholt …»

«Er hat es Ihnen gestohlen?»

«Nein, er hat dafür gesorgt, dass ich es vor meinem Haus wiederfinde.»

Vielleicht hätte er das lieber nicht erwähnen sollen, er gibt wohl gerade eine jämmerliche Figur ab.

Biraghi holt tief Luft. «Hören Sie, Assante, ich will ganz offen mit Ihnen reden. Sie scheinen mir ein bisschen erschöpft zu sein, ein bisschen mitgenommen. Möchten Sie nicht ein paar Tage freimachen? Und, mein Gott, wenn Sie mit dem Bericht etwas in Verzug geraten – davon wird die Welt nicht untergehen. Ihre Familie ist in den Bergen, nicht wahr? Fahren Sie zu ihr, verbringen Sie eine Woche in Ruhe und Frieden mit ihr und dann …»

Mauro geht plötzlich ein Licht auf. Darauf will Biraghi also hinaus! Auf eine verzögerte Abgabe des Berichts! Und noch etwas anderes wird ihm klar. Sein Chef hat sich davon überzeugt, dass er, Mauro, gerade eine Phase großer Erschöpfung durchlebt, die ihn dazu bringt, Dinge falsch zu verstehen. Und das, was er ihm erzählt hat, hat seine Lage natürlich noch schlimmer gemacht. Er sollte hier lieber gleich einen Riegel vorschieben.

«Danke vielmals, doch mir geht es bestens. Und den Bericht lasse ich Ihnen zum vereinbarten Termin zukommen», sagt er und steht auf.

Als er hinausgeht, schaut Biraghi ihm nach und schüttelt nachdenklich den Kopf.

Als er um eins auf dem Weg ins Restaurant ist, nachdem er lustlos gearbeitet hat, ruft Carla ihn an.

«Ciao. Hast du gut geschlafen?»

«Miserabel.»

Sie lässt das so stehen. «Ich wollte dir sagen, dass ich auf dem Polizeirevier war. Die Nummer dieses Personalausweises gibt es nicht.»

«Das dachte ich mir schon. Was hast du denen erzählt?»

«Das sage ich dir, wenn wir uns sehen.»

«Und wann sehen wir uns?»

«Heute Abend kann ich wirklich nicht, ich habe einen Auftrag von der Agentur. Ich rufe dich morgen Vormittag an.»

«Wann?»

«Nicht so früh, ich werde wohl erst spät ins Bett kommen.»

Ein Auflodern von Eifersucht, ebenso unerwartet wie heftig.

Im Restaurant kommt er nicht umhin, sich an den Tisch von Marasco zu setzen. Der seine Nervosität sofort bemerkt.

«Was hast du?»

«Ich mache mir Sorgen um meinen Sohn, es geht ihm nicht gut.»

Lügen ist leicht, auch von Angesicht zu Angesicht.

«Du weißt doch, wie Kinder sind … an einem Tag ein Mordsfieber und am nächsten munter wie ein Fisch im Wasser.» Er wartet, bis der Kellner die Bestellung aufgenommen hat, und redet dann weiter. «Ich habe gehört, du warst heute Morgen bei Biraghi.»

Das ist keine Frage, sondern eine Feststellung. Wie, zum Teufel, stellt Marasco es nur an, immer alles von allen zu wissen? Mauro kann nur zustimmend den Kopf senken.

«Hast du ihn um Rat gefragt?»

«Wegen des Berichts?»

Marasco grinst. «Tu nicht so scheinheilig.»

«Tue ich doch gar nicht …»

«Na, und ob. Ich verwette meine besten Teile, dass du ihm von dem Brief erzählt hast, der auf den Tod deiner Schwester anspielt.»

Undenkbar, dass Marasco ein so fetter Gerüchtehappen entgehen könnte!

«Hast du den etwa auch bekommen?»

«Ich nicht. Aber ich habe davon gehört. Und von mehr als einer Seite, verstehst du … Was hat er dir geraten?»

«Nicht darauf zu reagieren. Er hat mir versichert, dass diese Information die Meinung, die die aus der Chefetage von mir haben, in keiner Weise beeinflusst.»

«Ei-jei!»

«Was soll das heißen?»

«Dottor Biraghi sprechen mit gespaltener Zunge. Ich habe läuten hören, nur so zum Beispiel, dass Cosentino sich doch recht erstaunt darüber zeigte, dass du noch immer mit dieser schrecklichen Bank beschäftigt bist. Aus rein zweckmäßigen Erwägungen, wie er eifrig betonte.»

«Also ohne auf meine geistige Gesundheit anzuspielen?»

«Genau.»

Die Sache ist also viel verwickelter, als Biraghi glauben machen wollte.

Mauro zögert einen Moment, dann fragt er Marasco widerstrebend: «Und du, was würdest du an meiner Stelle tun?»

Sein Kollege hat die Antwort schon parat: «Ich würde mir einen Anwalt nehmen. Vorsichtshalber.»

«Meinst du, sie geben das an die Presse weiter?»

«Das glaube ich nicht.»

«Warum nicht?»

«Die Tatsache auszuschlachten, dass deine Schwester in einer Nervenklinik gestorben ist, könnte auf sie zurückfallen. Zu sehr unter der Gürtellinie. Nein, ich fürchte zwar, dass sie sich diese Sache noch zunutze machen werden, doch auf eine, wie soll ich sagen, subtilere und damit gefährlichere Art.»

Das bisschen Appetit, das Mauro hatte, vergeht ihm nun vollends.

Als er seine Wohnungstür aufschließt, schreckt er zusammen. Auf dem Stuhl in der Diele sitzt jemand. Es ist eine junge, hübsche, bescheiden gekleidete Frau. Sie steht auf.

«Guten Tag, Signore.»

«Du bist …»

«Zinaida, hier geschickt von Danika.»

«Deine Arbeitszeit geht bis um eins. Warum bist du noch hier?»

«Ich bleiben, um sagen, was passiert.»

«Was ist denn passiert? Und wann?»

«Ich machen Bett, hören Türklingel, machen auf. War ein Mann allein.»

«Wer war er?»

«Er sagen von Polizei und zeigen Ausweis, den ich nicht verstehen. Er sagen, er haben ein Dings … dass einer suchen darf in Haus.»

«Einen Durchsuchungsbefehl?»

«Ja, sagen genau das.»

«Hast du ihn reingelassen?»

Zinaida lächelt verschmitzt. «Der nicht Polizei. Ich sehen, wann ja Polizei und wann nein.»

«Und was hast du getan?»

«Ihm Tür zugemacht.»

«Ist er gegangen?»

«Nicht sofort. Erst klingeln und klingeln …»

«Sag mal, war das so einer mit einem Schnauzbart und Locken?»

«Nein, Signore. Nix Schnauzbart, und Haare glatt, blond. Ich glauben, er Dieb, der wollen klauen.»

«Das hast du toll gemacht, Zinaida. Danke.»

Die junge Frau verabschiedet sich und geht.

Zehn

Es gibt zwei Möglichkeiten.

Entweder haben sie versucht, wegen seiner Dokumente und seiner Computer einzubrechen, um herauszubekommen, in welche Richtung der Bericht geht, an dem er gerade schreibt, oder sie haben sich ganz einfach ein neues Einschüchterungsmanöver ausgedacht und es in die Tat umgesetzt.

Im ersten Fall ist ihr Plan an Zinaidas Instinkt gescheitert. Im zweiten Fall haben sie voll ins Schwarze getroffen und den erwünschten Effekt erzielt.

Denn Mauros Nervosität hat nun einen solchen Grad erreicht, dass ihm die Hände zittern. Das verstört ihn so sehr, dass er sie in die Taschen steckt, wie um sie zu verbergen.

Sinnlos, sich unter diesen Umständen an die Arbeit setzen zu wollen.

Er lümmelt quer auf dem Sessel in seinem Arbeitszimmer und starrt die ausgeschalteten Computer an, ohne sie zu sehen.

Während er so vor sich hin dämmert, reift in ihm der Gedanke, Biraghi zu bitten, ihn von den Ermittlungen abzuziehen und einen anderen Kollegen damit zu betrauen. Doch diese Kapitulation würde zusammen mit den schon kursierenden Gerüchten über ihn mit Sicherheit das Ende seiner Karriere bedeuten. Das kann er sich nicht leisten. Wenn er allein lebte, vielleicht, doch auf seinen Schultern lastet die Bürde einer Familie.

Also bleibt ihm nur, die Zähne zusammenzubeißen, sich mit Mut zu wappnen und weiterzumachen. Auch wenn er sich mehr und mehr umzingelt fühlt.

Womöglich hat Marasco ihm den richtigen Rat gegeben: sich einen Anwalt zu nehmen. Doch so sehr er sich auch das Gehirn zermartert, ihm fällt kein vertrauenerweckender Name ein. Da wäre Lusetti, der Mann von Anna, einer von Muttinas besten Freundinnen. Von dem sagen alle, er sei ausgezeichnet. Aber wäre es nicht besser, sich an jemand vollkommen Fremdes zu wenden?

Das Abendessen bei der Baronessa war ein Mittelding zwischen Farce und großem Gähnen. Sie waren nur zu dritt, mit dem geistig abdriftenden Barone und der Baronessa, die alte Kamellen aus ihrer Jugend in einem Schweizer Internat zum Besten gab.

Gerade als er zu Bett gehen will, ertönt die Marschmusik seines Handys. Erstaunt sieht er, dass Carla anruft.

«Ich hätte mit allem gerechnet ...»

«Ich hatte Sehnsucht danach, deine Stimme zu hören.»

Balsam, der die schwarzbraune Tönung des Tages im Nu verschwinden lässt.

«Musst du denn nicht arbeiten?»

«Das tue ich ja, ich rufe dich aus dem Badezimmer an. Ich muss mich beeilen. Ciao, gute Nacht.»

«Gute Nacht. Hab Dank.»

Ja, jetzt kann er unbeschwert einschlafen. Doch diese Illusion ist nur von kurzer Dauer.

Kaum hat er die Augen geschlossen, öffnet er sie wieder. Warum geht er nicht zur Polizei, anstatt sich einen Anwalt zu nehmen? Er könnte zwei konkrete Fakten nennen, die sehr wahrscheinlich eine Straftat darstellen: das auf seinen Namen aus dem Parkhaus entwendete Auto und der Versuch des falschen Polizisten, in seine Wohnung einzudringen. Und er könnte sich auf die Zeugenaussagen von Walter und Zinaida berufen.

Ist die Polizei erst einmal eingeschaltet, würden seine Verfolger es sich zweimal überlegen, ob sie ihm noch mehr böse Überraschungen bereiten wollen. Zwei Stunden Schlaf gehen ihm damit verloren, dass er das Pro und Kontra dieser Idee abwägt. Er kommt zu dem Schluss, dass er erst Carlas Meinung hören muss, bevor er etwas unternimmt.

An diesem Morgen ist der Bus, der ihn zum Büro bringt, rappelvoll. Mauro, der eingezwängt zwischen einem Riesenweib und einem Marokkaner steht, nickt einigen der üblichen Fahrgäste grüßend zu. Nach drei Stationen baut sich ein dürrer Mann mit langen, blonden Haaren und einer auffälligen Warze unter dem linken Auge vor ihm auf und dreht ihm den Rücken zu. Da bemerkt Mauro, dass ihm etwas auf den rechten Fuß gefallen ist. Angesichts des winzigen Aktionsradius, auf den er sich beschränken muss, kann er sich nicht vorbeugen. Also geht er in die Knie und tastet mit einer Hand den Boden ab. Seine Finger stoßen auf etwas Weiches. Er greift danach und richtet sich wieder auf. Es ist eine Brieftasche, offenbar dem Blonden mit der Löwenmähne vor ihm aus der Gesäßtasche gefallen.

Als er ihm gerade auf die Schulter tippen will, geschieht etwas Unglaubliches. Der Blonde fährt herum, packt Mauros Hand mit der Brieftasche und schreit los: «Hab ich dich erwischt, du Dieb!»

Mauro ist starr vor Schreck.

Alle drehen sich zu ihm, um zu sehen, was los ist, und im Bus breitet sich für einen Moment Schweigen aus, in dem das Geschrei des Blonden noch lauter tönt.

«Seht euch diesen Scheißkerl an! Er hat meine Brieftasche noch in der Hand!»

Nun bricht die Entrüstung der Fahrgäste los.

«Du Gauner!»

«Die Todesstrafe müsste man wieder einführen!»

Doch es gibt auch andere Stimmen. «Lasst ihn in Ruhe! Er kann es nicht gewesen sein!»

«Das ist ein anständiger Mann!»

Mauro ist absolut außerstande zu reagieren.

Eine Frau in der Nähe steht von ihrem Sitz auf und zieht ihm ihre Tasche über den Kopf, wobei sie ihn anschreit: «Mir haben diese Schweinehunde meine Rente geklaut!»

In diesem Augenblick ertönt eine herrische Stimme. «Polizei! Lassen Sie mich durch!»

Unterdessen meldet sich ein weiterer Fahrgast zu Wort. «Ich kenne diesen Herrn sehr gut! Der ist kein Dieb! Das muss ein Missverständnis sein!»

Mauro gelingt es, seinen vernebelten Blick wieder scharf zu stellen. Der Mann ist Beamter in irgendeinem Ministerium, in welchem, weiß er nicht mehr. Er steigt immer an Mauros Haltestelle in den Bus, und oft wechseln sie ein paar Worte.

Der Polizist, der in Zivil ist, steht nun bei Mauro und fordert ihn auf: «Signore, geben Sie die Brieftasche zurück!»

Nicht einmal dazu ist Mauro in der Lage. Der Blonde reißt sie ihm rabiat aus der Hand und steckt sie ein.

«Ich bin für die Bekämpfung von Taschendiebstählen zuständig», sagt der Polizist. «Sie sind auf frischer Tat ertappt, hiermit nehme ich Sie fest! Fahrer, halten Sie an.»

Bevor Mauro es sich versieht, ist er in Handschellen.

Der Bus hat angehalten.

«Aussteigen!», befiehlt der Polizist sowohl Mauro als auch dem Blonden.

Mit ihnen steigt der Fahrgast aus, der Mauro verteidigt hat, und auch ein kleiner, durchtrieben wirkender Mann um die vierzig, der mit seinem Handy ein Foto nach dem anderen schießt.

«Wer sind Sie denn?», fragt ihn der Polizist.

«Ich bin Journalist.»

«Und Sie?», fragt er nun Mauros Verteidiger.

«Vizepräfekt Deruto vom Innenministerium», antwortet dieser und zeigt ihm seinen Dienstausweis. Dann fährt er fort: «Hören Sie mir jetzt bitte genau zu. Ich bürge persönlich für diesen Herrn hier. Er heißt Mauro Assante und ist ein hoher Finanzbeamter. Wie schon gesagt, es handelt sich hier um ein äußerst unangenehmes Missverständnis. Nehmen Sie ihm auf der Stelle die Handschellen ab!»

Sichtbar eingeschüchtert vom Ausweis und vom zwar ruhigen, doch bestimmten Ton des Vizepräfekten tut der Polizist, wie ihm geheißen.

«Und so was nennt sich Gerechtigkeit!», kommentiert der Blonde. «Der wollte mir gerade meine Brieftasche klauen!»

«Haben Sie ihn dabei ertappt, wie er sie Ihnen aus der Tasche gezogen hat?», fragt ihn Deruta.

«Nein, aber er hatte sie doch in der Hand!»

Erst jetzt findet Mauro seine Stimme wieder. «Ich hatte sie … Sie war mir auf den Fuß gefallen … Ich habe sie aufgehoben und wollte sie ihm gerade zurückgeben, als …»

«Ich denke, das genügt», sagt Deruti gebieterisch, nimmt Mauro am Arm und bahnt sich einen Weg durch die übliche Schar von Gaffern, die sich sofort gebildet hat.

«Kopf hoch, es ist vorbei», raunt er ihm zu, während er mit ihm auf eine Bar zusteuert.

Er sitzt an seinem Schreibtisch im Büro und denkt darüber nach, was ihm passiert ist.

Nein, das war kein Missverständnis, wie sein Retter vermutet hat. Mauro ist sich ziemlich sicher, dass sie ihm eine Falle gestellt haben, die ohne Derutas hilfreiches Eingreifen verheerende Folgen hätte haben können. Nachdem so viele Warnungen ins Leere gelaufen sind, mussten sie schwerere Geschütze auffahren.

Die Nachricht von seiner Festnahme wegen Taschendiebstahls hätte selbst im Fall einer restlosen Aufklärung der Angelegenheit zumindest zur Folge gehabt, dass man ihm den Ruf eines Kleptomanen angehängt hätte.

Er müsste nur den Hörer in die Hand nehmen und bei sich zu Hause anrufen, um sich bestätigen zu lassen, was er schon fast mit Gewissheit weiß. Doch er zögert noch, weil er nicht die – wenn auch nur winzige – Illusion verlieren möchte, dass dies keine Falle war und es sich tatsächlich um ein Missverständnis gehandelt hat.

Dann entschließt er sich, seine Nummer zu wählen. Er braucht eine Weile, bis er seine misstrauische Putzhilfe davon überzeugt hat, dass wirklich er am Apparat ist.

«Hör mal, Zinaida, erinnerst du dich noch an den Mann, der gestern Vormittag da war und sich als Polizist ausgegeben hat?»

«Natürlich, Signore.»

«Du hast gesagt, er ist blond, nicht?»

«Blond, ja, Signore. Lange Haare.»

«Hatte er eine Warze unter dem linken Auge?»

«Was ist Warze?»

«So was Ähnliches wie ein Leberfleck, aber hervorstehend.»

«Oh, ja! Er haben!»

Da hat er die Bescherung. Kein Zweifel mehr möglich.

Nach dem Schnauzbart mit dem Motorroller haben sie nun noch einen zweiten Mann ins Rennen geschickt. Der gestern den Polizisten gespielt hat und heute den Ausgeraubten. Bis jetzt ist ihm das Glück hold gewesen, mag es nun Carla, Zinaida oder Deruta heißen, doch wie lange wird das wohl so bleiben?

Denn nun ist offenkundig, dass man ihn unentwegt im Blick hat und ihn zerstören will, deshalb wird man auch weiterhin hinter ihm her sein und immer gefährlichere Pläne aushecken.

Könnte in der Fliege, die über seinen Schreibtisch krabbelt, nicht eine winzige Kamera oder ein Mikrophon versteckt sein? Er muss sie eliminieren, sofort. Neben seiner Hand liegt eine zusammengefaltete Zeitung. Die nimmt er vorsichtig und zermatscht die Fliege mit einem heftigen Schlag. Er untersucht sie eingehend, ohne eine Spur von Kameras oder Mikrophonen zu finden.

Wie weit ist es schon mit ihm gekommen, dass er auf so einen Riesenblödsinn verfällt?

Er bleibt noch im Büro, als alle anderen schon zur Mittagspause gegangen sind. Er will nicht, dass Carlas Anruf kommt, wenn er mit Marasco beim Essen sitzt.

Carla ruft ihn um zwei an, ihre Stimme klingt schlaftrunken.

Mauro erwähnt sein morgendliches Missgeschick nur kurz und kündigt an, dass er sie um einen Rat bitten möchte. Sie verabreden sich in der Via De Concini.

«Um welche Uhrzeit?»

«Ich habe da eine Idee.»

«Welche?»

«Bist du mutig genug, einen Teller von mir zubereiteter Spaghetti zu essen?»

«Aber ja doch!»

«Dann komm gegen acht. Aber pass auf, dass dir niemand folgt.»

«Das schaffe ich mit links.»

Er kommt spät ins Restaurant. Marasco ist mit dem Essen fertig und will gerade gehen. «Es tut mir leid, dass ich dir nicht Gesellschaft leisten kann.»

«Ach, ich bitte dich!»

Zum Glück.

Carlas Einladung zum Essen hat seine Arbeitslust angestachelt. Er stöpselt das Festnetztelefon aus und ist im Begriff, das Handy abzuschalten, als ein Anruf von Muttina kommt.

«Wie geht's Stefano?»

«Alles wieder gut. Ich wollte dir erzählen, dass ich einen Brief bekommen habe.»

«Von wem denn?»

«Keine Ahnung. Er ist hier angekommen, in den Bergen. Anonym.»

Mauro sieht dunkle Wolken am Himmel aufziehen. Wollen diese Gangster jetzt auch noch Muttina behelligen?

«Was steht denn drin?»

«Ich lese ihn dir vor. Er ist ganz kurz. ‹Sehr geehrte Signora, sorgen Sie in Ihrem Interesse und dem Ihrer Familie dafür, dass Ihr Mann sich einen langen Urlaub gönnt. Ein Freund.› Kannst du mir sagen, was das soll? Woher haben die meine Adresse?»

Wie merkwürdig! Sie haben sich in der gleichen Weise geäußert wie Biraghi. Aber das muss ein Zufall sein, denn Biraghi scheint ihm nicht der Typ zu sein, der anonyme Briefe schreibt. Jedenfalls ist er erleichtert, er hatte mit Schlimmerem gerechnet.

«Was soll das?», fragt Muttina mit alarmierter Stimme noch einmal.

Er lacht gezwungen auf. «Das hat überhaupt nichts zu sagen. Deine Adresse haben sie sich wohl irgendwie besorgt. Weißt du, wie viele anonyme Briefe ich bekomme, ohne dass ich dir davon erzähle?»

Inzwischen fällt die Lügerei nicht mehr schwer … Er redet weiter, wobei er versucht, seine Worte unbekümmert klingen zu lassen. «Und meine Kollegen erst, ich kann dir sagen! Das sind die unbeholfenen Verteidigungsversuche von Leuten, die sich vor dem Ergebnis unserer Inspektion fürchten. Sie wollen, dass wir uns alle Zeit der Welt lassen. Glaub mir, Muttina, es gibt überhaupt keinen Grund, so …»

«Weißt du, was ich für einen Schreck bekommen habe!»

Mauro lacht erneut und hofft, dass es nicht zu unecht klingt. «Hör mal, wenn ich kann, komme ich dich am Samstag trösten.»

«Meinst du das im Ernst?»

«Ich hoffe, ich schaffe es. Ach, was ich dich noch fragen wollte: Diese ominöse Enzyklopädie, hast du die eigentlich bekommen?»

«Nein, Fehlanzeige.»

Als sie das Gespräch beenden, ist Muttina wieder vollkommen entspannt. Mauro schaltet das Handy aus und setzt sich an die Arbeit. Die Geschichte mit dem anonymen Brief hat ihn nicht sonderlich beunruhigt. Ein Nadelstich, verglichen mit den regelrechten Dolchstößen, die man ihm schon zugefügt hat und von denen Muttina nichts weiß.

Mit dem unbekümmerten Schritt eines Menschen, der sich ein wenig die Beine vertreten will, verlässt er das Haus ohne ein konkretes Ziel. Er geht eine Weile spazieren, dann winkt er einem näher kommenden Taxi und steigt ein. Er ist sich sicher, sie ausgetrickst zu haben, diesmal war er schneller als sie.

Carla lässt sich küssen. Dann führt sie ihn in eine pieksaubere, glänzende Küche, die mit einem Haufen Plunder vollgestopft ist. Hier hat Carla den Tisch gedeckt. Es riecht lecker.

«Magst du Spaghetti alla carbonara?»

Über Jeans und Bluse trägt Carla eine blütenweiße Schürze. Für einen kurzen Moment fühlt sich Mauro wie auf einem Werbefoto.

«Na, und ob!»

«Dann setz dich und erzähl mir von heute Morgen, während ich die Spaghetti ins Wasser werfe.»

Mauro erzählt ihr alles von A bis Z. Auch von Zinaidas Bestätigung. Carla, die ihm wortlos zugehört hat, stellt die dampfende Schüssel auf den Tisch und tut ihm auf.

Elf

Aber das ist zu viel!», protestiert Mauro, als er den randvollen Teller vor sich sieht.

«Iss ruhig, als Hauptgang gibt es nur ein kleines Omelett. Darin erschöpft sich nämlich meine Kochkunst. Ich kann nur diese zwei Gerichte.»

Mauro würde gern hören, was sie von dem fingierten Taschendiebstahl hält. «Du sagst ja gar nichts zu dem, was …»

«Später. Wir wollen uns doch das Essen nicht verderben. Und überhaupt, warum hast du es denn so eilig? Wir haben alle Zeit der Welt.»

Die Carbonara schmeckt so gut, dass Mauro unverzüglich um einen kleinen Nachschlag bittet. Carla ist sehr stolz auf ihren Erfolg als Köchin.

Am Ende ist keine einzige Nudel mehr in der Schüssel. Auch die Weinkaraffe ist leer, und Carla stellt eine neue, schon vorbereitete, auf den Tisch.

«Ich mache jetzt das Omelett.»

«Ich helfe dir.»

Am Herd legt Mauro ihr einen Arm um die Hüfte, zieht sie fest an sich und küsst sie. Impulsiv schmiegt Carla sich mit ihrem ganzen Körper an ihn.

Das mit Zwiebeln, verschiedenen Käsesorten und Pilzen reichlich belegte Omelett wird bei einer halben Karaffe Wein verputzt. Mauro verzichtet auf das Obst, Carla isst zwei Aprikosen.

«Willst du einen Kaffee?»

«Nein danke.»

Carla steht auf und legt die Schürze ab. «Lass uns rübergehen. Wollen wir den Wein austrinken, oder soll ich den Whisky holen?»

«Wir trinken den Wein aus.»

Carla nimmt die Karaffe, Mauro die zwei Gläser, und sie gehen ins Wohnzimmer.

Er setzt sich auf das Sofa, doch Carla entscheidet sich für einen Sessel.

Mauro ist enttäuscht. «Warum kommst du nicht zu mir?»

«Weil mich das ablenkt. Wenn wir ernsthaft reden müssen, ist es mir lieber so.»

«Und? Was hältst du von der Geschichte im Bus?»

«Was soll ich davon halten? Ich bin ganz deiner Meinung. Wahrscheinlich wollen sie dir das Leben zur Hölle machen.»

«Was das angeht, brauche ich deinen Rat.»

«Schieß los.»

Er erzählt ihr, dass sein Kollege Marasco ihm empfohlen hat, mit einem befreundeten Anwalt über die Sache zu reden, dass er, Mauro, jedoch erwogen hat, zur Polizei zu gehen.

«Du hast das alles Marasco erzählt? Traust du ihm denn?», fragt Carla.

«Aber nein. Er weiß nur von meinen Schwierigkeiten im Institut.»

Carla hakt nach: «Und was willst du bei der Polizei anzeigen?»

«Den kleinen Scherz mit meinem Auto und den versuchten Einbruch in meine Wohnung.»

Carla denkt nach.

«Gefällt dir das nicht?», fragt er.

«Ich überlege noch.»

Sie steht auf, geht mit dem Glas in der Hand durch den Raum, nimmt hin und wieder einen kleinen Schluck und setzt sich wieder.

«Keine schlechte Idee. Aber ...»

Mauro wartet mit angehaltenem Atem.

«… aber sobald du offiziell Anzeige erstattet hast, gerätst du in ein Räderwerk, von dem ich nicht weiß, ob …»

Sie will sich Wein nachschenken, doch die Karaffe ist leer. «Ich hole den Whisky.»

Sie kommt mit der Flasche, dem Eiskübel und zwei Gläsern zurück.

Sie gießt den Whisky ein.

«Wo war ich gerade?»

Offenbar beginnt der Wein seine Wirkung zu zeigen.

«Du hast mich davor gewarnt, dass ich in die Mühlen der Polizei geraten könnte.»

«Ach so, ja. Weißt du, man kann nicht gerade behaupten, dass die Polizei berühmt für ihr Taktgefühl und ihre Diskretion ist …»

«Ja, und?»

«Bevor du zur Polizei gehst, wäre es meines Erachtens ratsam, erst noch ein paar Informationen einzuholen und zu erfahren, wie du ihnen dein Problem am besten darlegst.»

«Was meinst du damit?»

«Mal angenommen, du sagst denen gegenüber ein falsches Wort oder einen nicht ganz schlüssigen Satz … schon fangen sie an, schlecht von dir zu denken, etwa, dass du nicht die Wahrheit sagst … Und ruckzuck bist du in einer unmöglichen Lage …»

Carla mag ein bisschen beschwipst sein, ihr Verstand jedoch arbeitet messerscharf. Mauro kann ihr nur zustimmen.

«Wenn du zur Polizei mitkommen könntest …»

«Wozu denn?»

Unmittelbar nach diesen Worten springt sie auf. Sie nimmt einen großen Schluck. «Du bringst mich da auf eine Idee.»

«Was für eine Idee?», fragt Mauro hoffnungsvoll.

Carla antwortet nicht. Sie stellt ihr Glas auf den Couchtisch, geht zu Mauro, der sie entgeistert ansieht, nimmt ihm das Glas aus der Hand, stellt es neben ihres, setzt sich aufs Sofa und umarmt ihn innig.

«Rühr dich nicht vom Fleck», befiehlt sie ihm. Dann, mit dem Mund sehr dicht an seinem Ohr, flüstert sie: «Ich muss dir gestehen, dass … ich dich angelogen habe.»

Mauro trudelt aus seinem siebten Himmel. Wenn er ihr also nicht mehr trauen kann … «Inwiefern?», bringt er mühsam hervor.

«Insofern, als ich dir gesagt habe, dass ich aufs Polizeirevier gegangen bin. Dabei war ich im Polizeipräsidium.»

«Wo ist denn da der Unterschied?»

«Der Unterschied ist … also, dass mein Exfreund Paolo dort arbeitet, er ist stellvertretender Kommissar …»

«Seid ihr im Guten auseinandergegangen?»

«Ja, ab und an treffen wir uns noch. Er war es, der mir gesagt hat, dass der Personalausweis gefälscht ist. Bist du mir böse?»

«Nein.»

Sie bietet ihm ihre Lippen dar. «Küss mich.»

Danach schenkt Carla Whisky nach.

«Warum hast du mir das erzählt?», fragt Mauro.

«Weil ich dich um Erlaubnis bitten möchte.»

«Welche Erlaubnis?»

«Paolo anzurufen.»

Jetzt wird Mauro klar, was Carla im Sinn hat. «Du willst, dass er mich berät?»

«Ich glaube, er ist der beste Mann dafür.»

«Meinst du, er willigt ein?»

«Er würde mir nie etwas abschlagen.»

Diese Worte sind für Mauro ein Hieb in die Magengrube. «Liebt er dich noch?»

«Das sagt er jedenfalls. Und? Erlaubst du es mir?»

Mauro zögert.

«Sag mir, warum du dagegen bist.»

«Ich bin nicht dagegen, es ist nur, dass …»

«Na, sag schon!»

«… dass es mir nicht schmeckt, wenn mir einer hilft, mit dem du …»

Carla lacht auf. «Mit dem ich mal zusammen war? Mein Schatz, ich bitte dich, mach dich nicht lächerlich!»

«Na, meinetwegen», gibt Mauro schweren Herzens nach.

Carla macht Anstalten, mit ihrem Telefon in der Hand aus dem Zimmer zu gehen.

«Wo willst du denn hin?»

«Nach nebenan.»

«Zum Telefonieren?»

«Ja.»

«Kannst du das nicht auch hier tun?»

«Das macht sich besser, wenn ich allein bin.»

Und weg ist sie. Sie will allein sein, um ihr ganzes Repertoire an Ziereren, Andeutungen und Gekicher aufzufahren …

Mit dem Handy am Ohr kommt sie zurück. «Gut, einen Augenblick, ich frage ihn mal.» Und an Mauro gewandt: «Paolo hat zugestimmt. Allerdings ist er morgen nicht in Rom, er könnte übermorgen Abend. Was soll ich ihm sagen?»

«Dass das klargeht.»

Denn so, wie die Dinge liegen, kommt es auf einen Tag mehr oder weniger auch nicht an … Carla hält sich das Telefon wieder ans Ohr. «Ja, er ist einverstanden. Wir könnten uns …»

Wieder verschwindet sie im Nebenzimmer. Diesmal bleibt sie länger weg, der Abschied zieht sich hin, wie es aussieht. Mauro tröstet sich mit dem Whisky. Endlich kommt Carla zurück. Sie strahlt, ihre Wangen sind leicht gerötet.

«Ich bin sehr froh über deine Entscheidung. Du hast das Richtige getan. Und du wirst sehen, Paolo wird uns eine große Hilfe sein.»

«Wo treffen wir uns?»

«Hier. Ich glaube, das ist der perfekte Ort zum Reden, ohne dass wir Angst vor indiskreten Ohren haben müssen.»

Sie schaltet ihr Telefon aus und legt es auf den Tisch.

«Und jetzt genug davon, wechseln wir das Thema.»

Sie geht zu ihm und streckt ihm eine Hand hin. «Komm.»

Jetzt sind sie im Schlafzimmer. Sie küssen sich im Stehen, Mauros Hände streichen gierig über Carlas Körper. Dann schiebt sie ihn weg und zieht sich die Bluse aus. Sie trägt keinen BH. Sie öffnet den Knopf ihrer Jeans, zieht den Reißverschluss herunter und streift die Hosen zusammen mit dem Slip ab. Geblendet muss Mauro für einen kurzen Moment die Augen schließen, dieser Anblick ist zu viel für ihn. Er setzt sich auf die Bettkante und beugt sich vor, um seine Schuhe aufzubinden.

«Steh auf. Ich ziehe dich aus», sagt Carla und kniet sich hin.

Sie fängt an, redet dabei aber weiter. «Ich möchte dir ein paar Gebrauchshinweise geben.»

«Was für Gebrauchshinweise?», fragt Mauro betäubt.

«Für mich. Wenigstens beim ersten Mal mach ich es gern im Dunkeln.»

«Ausnahmsweise.»

«Wenn ich bei irgendwas nein sage, dann heißt das auch nein, ohne Diskussion.»

«Ich werde nicht diskutieren.»

«Noch was. Ich gehe nur mit dir ins Bett, weil du mir gefällst, aber sollte ich das auch weiterhin tun, bedeutet das nicht, dass daraus Komplikationen entstehen dürfen.»

«Das verstehe ich nicht.»

«Erhebe ja keine Ansprüche auf mich, genauso wenig, wie ich welche auf dich erheben werde. Habe ich mich klar ausgedrückt?»

«Absolut.»

Nun ist auch Mauro nackt. Carla schubst ihn lachend, so dass er aufs Bett fällt. Dann löscht sie die Nachttischlampe.

«Es ist recht spät geworden. Ich bin ein bisschen müde, mein Schatz.»

Mauro umarmt sie, dann steht er widerwillig von diesem Bett auf, in dem er eine Lust kennengelernt hat, die er nicht für möglich gehalten hätte, und so intensive Freuden, dass es fast schon schmerzte.

«Wie verbleiben wir?», fragt er, während er sich anzieht.

«Ich rufe dich am späten Vormittag an.»

«Ich meinte eigentlich den Abend.»

«Wenn ich frei bin, gern.»

«Lädst du mich wieder zum Essen ein?»

«Ja, aber ich lasse alles vom Chinesen kommen.»

Sie steht auf und bringt ihn, nackt, zur Tür. Sie küssen sich, Mauro bleibt noch, um sie zu liebkosen.

«Verschwinde, sonst fangen wir wieder von vorn an.»

Als er auf der Straße auf das Taxi wartet, wäre er am liebsten lauthals singend losgelaufen wie ein kleiner Junge.

Zu Hause angekommen, beschließt er, sich nicht zu waschen. Er will mit Carlas Duft auf der Haut schlafen, so kann er sich einbilden, sie noch neben sich zu haben.

Er schläft so tief, dass er den Wecker nicht hört. Zinaidas Stimme ist es, die ihn veranlasst, die Augen aufzuschlagen.

«Oh! Entschuldigen. Ich nicht wissen, Sie hier.»

«Wie spät ist es denn?»

«Zehn nach neun, Signore.»

Du liebe Güte, wie hat er nur verschlafen können? «Mach mir einen Kaffee.»

Als er ins Bad hetzt, fällt ihm die Nacht mit Carla wieder ein, bis ins kleinste Detail. Augenblicklich lodert sein Verlangen nach ihr wieder auf. Es ist wohl ratsam, zum Duschen kaltes Wasser zu nehmen.

Er ist fast mit dem Rasieren fertig, als das Festnetztelefon klingelt.

Er ruft Zinaida zu: «Geh ran und frag, wer es ist.»

Nach einer Weile hört er Zinaida durch die angelehnte Badezimmertür: «Sein Signore von Ihre Büro.»

Wer kann das sein? Und warum ruft er an? «Sag ihm, ich komme gleich.»

Hastig trocknet er sich das Gesicht ab und läuft zum Telefon. «Ja, hallo. Wer ist da?»

«Biraghi.»

Der Chef persönlich bequemt sich, ihn anzurufen? Ihn überkommt eine dunkle Ahnung.

«Was ist passiert?»

«Mir gar nichts. Und Ihnen?»

«Nichts, soweit ich weiß.»

«Na, zum Glück, ich habe mir schon Sorgen gemacht.»

«Weshalb denn? Können Sie sich vorstellen, dass ich zum ersten Mal in meinem Leben verschlafen habe?»

«Dann ist ja alles gut. Ich habe Sie nämlich gesucht, und da ich Sie nicht gefunden habe … Kommen Sie trotzdem noch ins Büro?»

«Selbstverständlich, in einer halben Stunde bin ich da.»

«Wenn Sie hier sind, kommen Sie doch direkt zu mir.»

Was war denn an diesem Morgen in Biraghi gefahren? Wann hat er sich jemals für den Gesundheitszustand seiner Mitarbeiter interessiert?

Er bestellt ein Taxi. Auf dem kleinen Tisch in der Diele liegen mindestens zehn Exemplare eines Wochenblatts. Es heißt *Sparen*, wird gratis verteilt und besteht aus acht Seiten Werbung und in der Mitte aus vier Seiten Polizeiberichten und Gerichtsmeldungen.

«Wer hat die denn gebracht?», fragt er Zinaida.

«Haben vor Tür gefunden, wenn ich kommen.»

«Wirf sie weg.»

Auf dem Flur trifft er Marasco. Der ein unerklärliches Verhalten an den Tag legt. Er schüttelt Mauro nicht die Hand, die dieser ihm entgegenstreckt, sondern umarmt ihn und sagt: «Kopf hoch.»

Er lässt den fassungslosen Mauro stehen und geht rasch weiter.

Zwölf

Mit Mühe macht er ein paar Schritte, klopft an die Tür der Sekretärin, öffnet sie und bringt einen schwachen Gruß heraus. «Guten Morgen.»

«Ach, da sind Sie ja. Nur eine Sekunde.»

Während die Sekretärin Biraghi Bescheid sagt, sieht Mauro eine Ausgabe von *Sparen* auf dem Schreibtisch liegen. Die Eigentümer des Wochenblatts haben jedenfalls keine Kosten gescheut, um Tausende Exemplare in Umlauf zu bringen. Wahrscheinlich werben sie für irgendeinen großen Schlussverkauf.

«Der Dottore erwartet Sie.»

Sehr langsam dreht Mauro den Knauf von Biraghis Tür und hat das verschwommene, beunruhigende Gefühl, mit eigener Hand den Hebel für die Falltür des Henkers zu betätigen.

«Setzen Sie sich», sagt Biraghi.

Er hat ihn nicht gegrüßt und ist sitzen geblieben. Kein gutes Zeichen. Auch hier liegt zusammengefaltet auf dem Schreibtisch eine Ausgabe von *Sparen*. In Mauro regt sich der beängstigende Verdacht, dass es zwischen dem Wochenblatt und ihm eine Verbindung gibt.

«Als ich Sie heute Morgen nicht im Büro angetroffen habe», beginnt Biraghi, «dachte ich, es geht Ihnen vielleicht nicht gut.»

«Aber dann hätte ich doch Bescheid gesagt.»

«Gerade weil Sie nicht Bescheid gesagt haben …»

«Entschuldigen Sie, aber wie kamen Sie auf die Idee, dass es mir schlechtgeht?»

Biraghi antwortet nicht, streckt die Hand aus, legt sie auf die *Sparen*-Ausgabe und tippt mit dem Finger darauf.

«Offenbar haben Sie den Artikel nicht gelesen, den man über Sie geschrieben hat.»

Mauros ohnehin schon trockene Kehle ist nun völlig ausgedörrt. «Über … mich!?»

«Allerdings. Einen langen Artikel auf der mittleren Seite, mit einem groß aufgemachten Foto von Ihnen in Handschellen.»

Mauro ringt vergeblich nach Luft. Mit weit aufgerissenen Augen schwankt er in einer Art Schwindelanfall und klammert sich an den Schreibtisch vor ihm, um nicht vom Stuhl zu fallen. Biraghi greift zum Telefonhörer und bestellt bei der Sekretärin ein Glas Wasser. Als sie anklopft, steht er auf, öffnet die Tür, lässt sie aber nicht herein, nimmt ihr das Glas aus der Hand und schließt die Tür wieder. Eine freundliche Geste, die Mauro nicht einmal bemerkt. Sein Chef wollte nicht, dass die Sekretärin ihn in diesem Zustand sieht.

Mauro trinkt so hastig, dass er sich verschluckt.

Biraghi klopft ihm zweimal auf den Rücken, dann setzt er sich wieder.

«Warum haben Sie mir nichts von diesem Vorfall erzählt?»

In Mauro bricht sich so etwas wie Stolz Bahn, ohne dass er weiß, woher er ihn nimmt. «Die Antwort steckt schon in der Frage.»

«Das verstehe ich nicht.»

«Sie nennen etwas einen Vorfall, was gar keiner war. Was steht in dem Artikel darüber?»

«Ich will Ihnen gleich sagen, dass er keinerlei Handhabe für eine Klage oder dergleichen bietet. Er ist sehr geschickt formuliert und lässt alle Möglichkeiten offen, von einem einfachen Missverständnis bis hin zu der Vermutung, Sie könnten von einem unwiderstehlichen Anfall von Kleptomanie gepackt worden sein. Sie werden mir darin zustimmen, dass die Meldung, einer unserer Inspektoren sei beim Taschendiebstahl erwischt worden, ein Riesenknaller ist.»

Mauro genügt die Objektivität nicht, an der Biraghi festzuhalten scheint: «Und Sie persönlich, was halten Sie für das Wahrscheinlichste?»

Biraghi macht eine Pause, bevor er antwortet. «Ich glaube, man hat Ihnen eine Falle gestellt, die noch ernstere Folgen hätte haben können, als sie hatte.»

Mauro fällt aus allen Wolken. «Aber neulich, als ich Ihnen das alles erzählt habe, diese ganzen … haben Sie mir nicht geglaubt und mir ein paar Tage Urlaub empfohlen …»

«Neulich haben Sie lauter unzusammenhängendes Zeug erzählt, das nicht so gravierend war wie das hier. Diesmal sind die ein bisschen zu weit gegangen, das hat mich umgestimmt.»

Mauro fasst wieder Mut. Biraghi als Verbündeten zu haben …

«Ihre Absicht ist jetzt sonnenklar», redet sein Chef weiter. «Sie wollen einen komplett unzuverlässigen Mann aus Ihnen machen, der unter geistigen Störungen leidet, oder es zumindest so aussehen lassen.»

«Mit dem Ziel, dass man mich von dieser Aufgabe entbindet?»

«Was für einen Grund könnte es sonst geben?»

«Aber nach mir kommt ein anderer! Läuft das für sie nicht früher oder später auf dasselbe hinaus?»

«Nein, mein Lieber. Früher ist nicht dasselbe wie später.»

«Inwiefern?»

«Eine Bemerkung vorweg: Die Frage, die ich Ihnen jetzt stelle, soll den Bericht, an dem Sie sitzen, in keiner Weise beeinflussen. Ist das klar?»

«Klar.»

«Meine Frage lautet: Sobald Sie den Bericht an die zuständige Stelle weitergeleitet haben, welche Pflichten ergeben sich dann unweigerlich für uns?»

Mauro zögert nicht eine Sekunde. «Eine Anzeige bei den Justizbehörden gegen den Vorstandsvorsitzenden, den Vorstand und die Revisionskommission.»

«Da hier niemand von gestern ist, wissen alle, dass das die Konsequenz sein wird, auch wenn wir es nicht an die große Glocke hängen. Doch auch Staatssekretär De Simone und Senator Fondi wissen das. Und haben unverzüglich gegengesteuert. Hier erkennt man die Handschrift Fondis, ihm gehört ein mieses Wochenblatt, das nichts weiter als eine Dreckschleuder ist. Er wird sich wohl einiger seiner Anhänger bedienen, die Experten auf diesem Gebiet sind.»

«Aber was gewinnen sie, wenn sie mich ruinieren?»

«Zeit. Sie brauchen dringend Zeit. Wenn Ihr Bericht für null und nichtig erklärt wird, sind wir gezwungen, eine neue Inspektion in die Wege zu leiten. Das kostet Zeit. Und die nutzen sie, um zu retten, was zu retten ist, und sei es mit illegalen Manövern.»

«Aber ich werde unterdessen …»

«Um drei gibt es eine Sitzung zu Ihrem Fall. Es wäre hilfreich, wenn Sie heute Nachmittag im Büro wären. Man wird vielleicht ein paar Erklärungen von Ihnen hören wollen.»

«Ich verstehe.»

«Ich betrachte es als meine Pflicht, Sie darauf hinzuweisen, dass jeder Eingriff unsererseits in Ihre derzeitige Arbeit als ein Zurückweichen vor dem Druck, dem Sie ausgesetzt sind, verstanden werden könnte und somit als eine Kapitulation vor der finstersten Kriminalität.»

Mauro schnürt es vor Rührung die Kehle zu. Dass Biraghi derart klar Stellung bezieht, hat er nicht erwartet.

«Mehr habe ich Ihnen nicht zu sagen», fügt sein Chef hinzu und steht auf.

Mauro kommt nur mit Mühe von seinem Stuhl hoch, seine Beine sind wacklig. Biraghi geleitet ihn zur Tür und gibt ihm die Hand. «Sie werden sehen, alles wird sich auf die bestmögliche Weise regeln.»

Kaum hat er einen Schritt aus dem Büro seines Chefs getan,

öffnet sich die Tür hinter ihm erneut. «Assante, entschuldigen Sie, könnten Sie noch einen Moment bleiben?»

«Nein!», lautet seine Antwort, die er jedoch für sich behält. Stattdessen muss er alle seine verbliebenen Kräfte mobilisieren, um kehrtzumachen. Er weiß, dass er nicht noch eine schlechte Nachricht verträgt. Biraghi schließt die Tür sorgfältig hinter ihm, bleibt aber stehen.

«Hören Sie, mir ist eingefallen, dass in der heutigen Sitzung … Denn durch diese ganzen Scherereien hatten Sie ja gewiss keine Gelegenheit, sich so mit dem Bericht zu befassen, wie Sie es gewollt hätten … Ist es nicht so?»

«Leider ja.»

«Also, ich dachte mir, jemand könnte angesichts der unersprießlichen Möglichkeit, dass der Abgabetermin Ihres Berichts verschoben werden muss, vorschlagen, Ihnen einen Kollegen an die Seite zu stellen, der Ihnen bei einer schnelleren Ausfertigung behilflich ist. In diesem Fall …» Er bricht ab.

Mauro wagt es nicht, den Mund aufzumachen, empfindet diesen Gedankengang aber als Affront.

«In diesem Fall», redet Biraghi weiter, «hätte ich gern Ihre Zustimmung zu der Position, die ich diesbezüglich einnehmen werde.»

«Und die wäre?»

«Eine entschiedene Ablehnung. Die Ermittlungen liegen in Ihrer Hand, und da sollen sie auch bleiben. Es sei denn, Sie sagen mir hier und jetzt, dass die Beteiligung eines Kollegen für Sie von großem Nutzen wäre.»

«Nein. Ich denke sogar, dass sie zum jetzigen Zeitpunkt von Nachteil wäre.»

«Das ist auch meine Überzeugung. Sind wir uns also einig über unsere Vorgehensweise?»

«Absolut. Danke.»

Er ist vor seinen abgeschalteten Computern so in Gedanken versunken, dass er beim Klingeln des Telefons aufschreckt. Nach dem Gespräch mit Biraghi hat sich keiner seiner Kollegen bei ihm gemeldet, sie haben ihn gemieden. Betrachten sie ihn allmählich als Aussätzigen? Es ist die Zentrale.

«Dottor Assante, ein Anruf für Sie.»

«Wissen Sie, von wem?»

«Das habe ich nicht genau verstanden, sie sagt, sie sei Ihre Putzhilfe.»

Zinaida?! Er wird unruhig. Wenn sie ihn im Büro anruft, muss es etwas Ernstes sein.

«Zinaida, was ist los?»

«Ist los, dass ich heute Morgen keine Frieden in Ihr Haus.»

«Wieso?»

«Schon drei Leute klopfen Tür, und ich sagen, Sie nicht da.»

«Wer war das?»

«Journalisten. Auch fünf Anrufe.»

Zweifellos ist die Bombe geplatzt.

«Wer hat dir denn meine Dienstnummer gegeben?»

«Ich anrufen Signora Muttina, und sie geben.»

«Hat sie dich gefragt, wozu du sie brauchst?»

«Ja, und ich sagen, wozu.»

Und so hat Zinaida unabsichtlich dafür gesorgt, dass auch in seiner Familie eine Bombe hochgegangen ist.

«Hör zu, Zinaida. Lass für heute alles liegen und geh nach Hause. Es ist besser, wenn diese Typen niemanden antreffen, auch dich nicht.»

«Gut, Signore.»

Kaum hat er aufgelegt, klingelt das Telefon erneut.

Es ist wieder die Zentrale. «Ihre Frau ist dran.»

Muttinas Stimme ist von Hysterie durchzogen. «Würdest du mir bitte erklären, was bei dir los ist? Erst dieser schreckliche anonyme Brief, jetzt die Journalisten … Ich halte dieses ständige

Theater nicht mehr aus … Ich lasse Stefano bei meinen Eltern und komme nach Hause …»

Natürlich, er hätte sie gern an seiner Seite, unbedingt! Doch wenn Muttina erfährt, wie die Dinge wirklich liegen, wird die für sie typische Ängstlichkeit exorbitante Dimensionen erreichen und ihn zusätzlich belasten. Er muss sie unter allen Umständen beruhigen. Also zwingt er sich zu Gleichmut und Klarheit.

«Muttina, kein Grund zur Panik. Ich habe es dir neulich schon erklärt. Meine Überprüfung dieser Bank, die zwar klein ist, aber mächtige Fürsprecher in der Politik hat, kann unangenehme Folgen haben, daher ist es nur normal, dass die sich schützen wollen … Doch das Institut steht geschlossen hinter mir und wird sich für mich einsetzen, falls das nötig sein sollte …»

So redet er noch eine Viertelstunde weiter, und am Ende hat er seine Frau beschwichtigt.

Als er sich den Schweiß von der Stirn gewischt hat, schmettert die Marschmusik seines Handys los. Es ist Carla.

«Ich habe gerade dieses Drecksblatt gelesen und rufe an, um dir zu sagen, dass ich dich jetzt gern bei mir hätte.»

Wie empfindlich und rührselig er geworden ist! Bevor er antworten kann, muss er sich räuspern.

«Und ich würde sofort zu dir laufen. Doch leider kann ich nicht weg aus dem Büro, ich muss auch heute Nachmittag hierbleiben. Wie hast du denn davon erfahren?»

«Die Sekretärin aus der Agentur, mit der ich befreundet bin und der ich für die Suche nach dem Formular deinen Namen gegeben habe, hat mich angerufen … Also habe ich mich angezogen, bin zum Zeitungskiosk gegangen und habe mir eine Ausgabe besorgt. Was für Schweinehunde!»

«Schweinehunde ist noch geschmeichelt.»

«Du hast gesagt, du musst auch heute Nachmittag im Institut bleiben?»

«Ja. Um drei kommen die großen Häuptlinge zu einer Sitzung zusammen, um über meine Situation zu beraten.»

«Das wird doch nicht unser chinesisches Essen in der Via De Concini gefährden, oder?»

«Ich glaube nicht, dass es so lange dauert. Sie teilen mir anschließend ihre Entscheidung mit.»

«Versprichst du mir, dass du mich gleich danach anrufst und mir Bescheid sagst?»

«Warum denn?»

«Erstens weil ich darauf brenne, das Ergebnis zu erfahren, und zweitens, um eine Flasche Champagner zu kaufen, falls es eine gute Nachricht ist.»

Im Restaurant lässt Marasco ihm nicht einmal Zeit, sich zu setzen. «Wie war's bei Biraghi?»

«Viel besser, als ich dachte.»

«Und das heißt im Klartext?»

«Dass er sich voll und ganz auf meine Seite geschlagen hat.»

Marasco nickt anerkennend. «Heilige Madonna, wie pfiffig dieser Hurensohn doch ist!»

«Wieso siehst du eigentlich in allem, was er tut, gleich einen Vorteil für ihn?»

«Weil es so ist! Hast du ihm das etwa abgenommen?»

«Er kam mir wirklich aufrichtig vor.»

Marasco lacht auf. «Biraghi ist pfiffig, aber du, nichts für ungut, bist ja auch nicht gerade auf den Kopf gefallen. Deshalb hat er dich kaltgestellt.»

«Inwiefern?»

«Er hat dich voll und ganz an sich gebunden und dich damit aus der Liste seiner Nachfolger gestrichen, auf der du die Nummer eins warst. Er wird dir helfen, natürlich, aber da er dich gut kennt, wird er sich im Gegenzug deine Dankbarkeit sichern. Das ist so klar wie Kloßbrühe! Ach übrigens, hast du wegen dieser lächerlichen Geschichte mit dem Taschendiebstahl einen Anwalt konsultiert, wie ich es dir geraten habe?»

«Noch nicht.»

Marasco sieht ihn erstaunt an. «Junge, Junge, du hast wirklich das Zeug zum Märtyrer, mein Freund! Offenbar bist du wie der heilige Sebastian, dem es Spaß gemacht hat, von Pfeilen durchbohrt zu werden!»

Er ist mit der Stirn auf den verschränkten Armen am Schreibtisch eingenickt, doch das Telefon vertreibt seine Schläfrigkeit sofort. Es ist Biraghi.

«Soll ich kommen?», fragt Mauro.

«Nein, wir brauchten Sie nicht. Die Sitzung ist jetzt zu Ende. In ein paar Minuten bin ich in Ihrem Büro.»

Er schaut auf die Uhr. 16.30 Uhr. Magere anderthalb Stunden, um über sein Schicksal zu entscheiden. Verausgabt haben sie sich nicht.

Als Biraghi bei ihm erscheint, ist seine Miene vollkommen ausdruckslos.

«Ich will Ihnen gleich sagen, dass sich meine Strategie durchgesetzt hat. Sie werden Ihre Arbeit also fortsetzen. Und zwar allein, damit das klar ist, man wird Ihnen niemanden zur Seite stellen.»

«Demnach ist alles gutgegangen?»

«Einigermaßen. Cosentino und die anderen haben eine Art Damoklesschwert über Ihren Kopf gehängt.»

Dreizehn

Mauro stützt die Ellbogen auf den Schreibtisch, wie um eine größere Aufmerksamkeit zu bekunden, doch in Wahrheit hatte sein Körper einen kleinen Schwächeanfall. Auf die heiße Dusche folgte unverzüglich eine arktisch kalte. Er bekommt den Mund nicht auf, seine Frage liegt wie ein stummer Schrei in seinen Augen.

«Also Folgendes», fährt Biraghi fort. «Cosentino ist der Ansicht, die übrigens, wie gesagt, von den anderen weitgehend geteilt wird, dass man in allernächster Zeit den letzten Streich gegen Sie führen wird, und zwar den, der dem Stier den Kopf abtrennt – entschuldigen Sie die unglückliche Formulierung – und der es schwierig machen wird, den jetzigen Kurs beizubehalten. Kurz, Sie bekommen noch eine Chance. Danach wird es keine mehr geben.»

Mauro hört sich aufbegehren. «Wie leicht es sich dieser Dottor Cosentino doch macht! Als ob das von mir abhinge!»

«Zum Teil tut es das auch, meint Cosentino.»

«Machen Sie Witze?»

«Durchaus nicht. Cosentino sieht es als Ihre Pflicht an, sich abzuschotten.»

«Aber was …»

«Lassen Sie mich ausreden. Sie können doch Ihr normales Alltagsleben nicht weiterführen, als wäre die Lage, in der Sie sich befinden, nicht denkbar unnormal.»

«Das verstehe ich nicht.»

Biraghi atmet tief durch, um sich zu Geduld zu mahnen. «Die ganze Zeit über, die Sie noch an dem Bericht arbeiten, müssen

Sie sich permanent zu Hause einschließen und natürlich allein essen und schlafen.»

«Aber wenn meine Frau ...»

«Ich möchte Sie bitten, sich von ihr fernzuhalten. Sie müssen vollkommen allein bleiben, dürfen absolut keine Fremden empfangen, zu keinem Ihrer Freunde Kontakt aufnehmen und nach Möglichkeit auch nicht ans Telefon gehen. Rufen Sie im Büro an, für den Fall, dass Sie etwas brauchen, doch möglichst selten und mit nur wenigen Worten. Auch die Post nicht zu lesen wäre ratsam, vor allem Ihre E-Mails nicht.»

«Ich soll mich also in eine Art Trappistenmönch verwandeln?»

«Das wäre wünschenswert.» In Biraghis Stimme liegt nicht die leiseste Spur von Ironie.

«Gut, ich werde versuchen ...»

«Nein, mein Lieber. Sie sollen etwas tun und nicht versuchen, es zu tun. Cosentino hat nämlich ein konkretes Ultimatum gestellt. Wenn Sie diese Anweisungen nicht befolgen, wird er Sie der Mittäterschaft bezichtigen, weil Sie, wenn auch nicht vorsätzlich, einem höchst gefährlichen gegnerischen Manöver Vorschub geleistet haben. Ich hoffe, ich habe mich klar ausgedrückt.»

Das hat er. Als Biraghi gegangen ist, malt Mauro sich die kommenden Tage aus. Alles in allem dürfte ihn dieser Hausarrest nicht besonders belasten. Er hat sogar sein Gutes, denn so muss Mauro nicht mehr zu den todlangweiligen Abendessen mit der Baronessa gehen. Falls Zinaida auch nur halbwegs kochen kann, ist alles in Ordnung. Und außerdem, wie sah sein Alltag denn aus, bevor er Muttina geheiratet hat? Kaum Freunde ... Doch nein, als Freunde konnte man sie nicht einmal bezeichnen, denn wahre Freundschaft beruht auf einer tiefen Bindung, auf die er sich nie hat einlassen können. Ein paar Theaterabende oder Kinobesuche ... einige wenige Essen mit einem leicht zugänglichen Mädchen, zur rein körperlichen Entspannung ...

«Ich habe mich in einen Brummbären verliebt», hatte Muttina gesagt, als es zwischen ihnen ernst zu werden begann. «Einen Brummbären, dem ich zu menschlichen Zügen verhelfen werde.»

Doch in den sieben Jahren war es Muttina gerade einmal gelungen, das struppige Fell des Bären mit einer recht ordentlichen menschlichen Hülle zu kaschieren. So wie die Dinge liegen, wird er ihr erklären müssen, dass ihm diese Einschränkungen von seinen Vorgesetzten auferlegt wurden, um ihn unter eine Art Schutzdecke zu stecken.

Er hat nur einen geheimen Vorbehalt, und den wird er wirklich ganz für sich behalten.

Carla.

Um nichts in der Welt hat er die Absicht, auf sie zu verzichten. Carla ist der einzige Mensch, der ihm unter diesen bitteren Umständen treu mit Rat und Tat zur Seite steht, ihn beschützt, alles mit ihm teilt, ihm sogar ihren Körper schenkt, um ihm einige Stunden reinen Glücks zu bescheren … Diese Frau ist womöglich der vitale Teil seines Selbst geworden. Sie nicht mehr zu sehen, wäre wie eine Amputation, einfach unerträglich.

Er will sie gerade anrufen, als die Tür zu seinem Büro unvermittelt aufgerissen und ebenso unvermittelt wieder zugeschlagen wird, von Marasco, der sich nun vor seinen Schreibtisch setzt.

«Ich weiß alles. Cosentino will dich unter Hausarrest stellen, wie es aussieht.»

«Ja, er hat mir diese *conditio sine qua non* auferlegt.»

«Und du?»

«Ich habe sie akzeptiert.»

Schlagartig schrumpft Marasco zusammen, ein Luftballon nach einem Nadelstich.

«Jetzt habe ich wirklich die Schnauze voll», brummt er.

«Wieso denn?»

«Deinetwegen.» Und dann wütend: «Du bist so was von

außer der Reihe und merkst es nicht mal. So was wie du wird gar nicht mehr hergestellt. Ein unbestechlicher Staatsdiener, ein vorbildlicher Ehemann und Vater, ohne Laster, einer, der sich nicht auf der Karriereleiter nach oben strampelt, der immer an seinem Platz bleibt, der einen spekulativen Verstand besitzt, der sorgsam abgewogene Initiativen ergreift, der oft als Vorbild angeführt wird, das und noch mehr, gewiss, doch gleichzeitig bist du der naivste, dämlichste und weltfremdeste Mensch, der mir je begegnet ist!»

«Aber warum denn?»

«Du begreifst immer noch nichts, merkst du das? Dass du Biraghis Nachfolger werden solltest, war mehr als bloß ein Gerücht im Treppenhaus. Darum hat er dich, den Unbestechlichen, einen, der ohne Ansehen der Person handelt, mit der Inspektion der Banca Santamaria beauftragt, wohl wissend, dass die versuchen werden, dich fertigzumachen. Die Scherereien gehen los. Biraghi spielt den harten Burschen, unter einer Decke mit Cosentino, der sein Schutzpatron ist. Und so kann man dich schließlich der Mittäterschaft in einem besonders schweren Fall bezichtigen, wenn denen ihr Coup gelingt. Er hat den Spieß komplett umgedreht, dieser Saukerl!»

«Aber wenn ich mich daran halte …»

«Allmächtiger! Du wirst ja wohl irgendwann kacken gehen müssen, oder nicht?»

Mauro begreift nicht. «Soll das eine Metapher sein?»

Marasco geht in die Luft. «Das ist keine Scheißmetapher, ich rede Klartext mit dir!»

«Nicht so laut!»

Marasco ringt um Fassung. «Mal angenommen, du sitzt auf dem Klo, bei geschlossener Tür, die Hosen heruntergelassen, und liest dir eine Seite deines Berichts noch mal durch. Gut, dann kommt einer mit einem Dietrich in deine Wohnung, ohne dass du etwas hörst, tut, was er tun soll, und verschwindet wieder.

Weißt du, was das Ende vom Lied sein wird? Dass man dich der Begünstigung einer Straftat anklagt, wenn nicht gar der Verbrüderung mit dem Feind!»

«Dann soll ich meine Notdurft also an der Wohnungstür verrichten?»

«Das wird nicht reichen! Denn inzwischen könnten sie genauso gut zum Fenster hereinkommen! Nichts zu machen, du hast dich verarschen lassen. Das war's dann wohl.»

Er steht auf, geht zur Tür, bleibt stehen, dreht sich um. «Aber wenn diese Scheiße hier vorbei ist, und für dich garantiert auf die denkbar schlimmste Weise vorbei ist, denk daran, dass ich versucht habe, dir gute Ratschläge zu geben, in aller Offenheit, wenn auch gegen meine ...» Er beendet den Satz nicht, dreht sich um, öffnet die Tür und geht hinaus.

Mauro sieht auf die Uhr. Es ist fast sechs. Du liebe Güte, schon so spät! Er ruft Carla an. Sie erkundigt sich sofort, wie es gelaufen ist, voller Ungeduld.

«Gut, allerdings soll ich mich an strikte Vorgaben halten. Wenn ich auch nur teilweise gegen sie verstoße, wird man mich als mitschuldig betrachten. Kurz, ich darf keinerlei Angriffsflächen bieten, denn wenn ihnen noch mal ein Schlag gegen mich gelingt, wird es für mich das letzte Mal sein.»

Carla schweigt einen Moment. «Wie sehen diese strikten Vorgaben aus?»

«Im Wesentlichen bedeuten sie eine totale Isolation. Zum Beispiel darf ich mich mit niemandem mehr treffen.»

«Nicht mal mit mir?!»

Diese Reaktion war zu spontan, um nicht direkt von Herzen zu kommen. Mauro ist überwältigt.

«Wie könnte ich es denn ohne dich aushalten? Und wenn ich mich als Installateur verkleiden müsste oder als Priester ...»

Carla lacht, wieder unbesorgt. «Also sehen wir uns heute Abend?»

«Unbedingt!»

Ja: Kaum hat er ein paar Worte mit ihr gewechselt, fühlt er sich wieder stark, als strömte ein junger, frischer Saft durch seine Adern.

Nicht mal mit mir?

Diese vier Silben klingen in ihm nach. Wie kann er sich nur erkenntlich zeigen, zumindest ein klein wenig, für alles, was sie … Ihm kommt eine Idee, die er für gut hält. Er hat keine Minute zu verlieren.

Er ruft ein Taxi und lässt sich nach Hause fahren. Zum Glück ist nicht viel Verkehr.

Eine schnelle Dusche, sich umziehen, Jackett und Krawatte. Trotz der Hitze kann er darauf nicht verzichten.

Auf der Treppe die Marschmusik seines Handys. Carla. Lieber Gott, mach, dass ihr nicht in letzter Minute was dazwischengekommen ist!

«Gerade hat mich Paolo angerufen und …»

«Welcher Paolo?»

«Wie bitte?! Paolo Rizzi! Mein … der stellvertretende Kommissar.»

«Ach so, entschuldige, ich bin ein bisschen spät dran und …»

«Hör mal, sie haben seinen Dienstplan geändert. Er fährt morgen früh weg und wird etwa eine Woche nicht in Rom sein.»

«So lange kann ich nicht warten.»

«Das sehe ich auch so. Paolo hat vorgeschlagen, dass wir uns heute Abend treffen, er hat dann nur zwei Stunden Zeit, ab halb neun. Wir könnten in der Via De Concini auf die Schnelle eine Pizza essen. Was hältst du davon?»

«Wenn es nicht anders geht …»

«Also rufe ich ihn an und sage zu.»

«Bist du sicher, dass er nach zwei Stunden wieder geht?»

«Keine Sorge», beruhigt ihn Carla lachend.

Er geht mit dem gedankenverlorenen Schritt eines Menschen, der viel Zeit hat, aus dem Haus, winkt jedoch nach wenigen Metern ein Taxi heran. Sein Ziel ist ein edles Juweliergeschäft im Zentrum. Mauro ist sehr unbeholfen, er weiß nicht recht, wie er sich verhalten soll.

Ein hocheleganter Mann um die dreißig kommt ihm lächelnd zu Hilfe und spricht ihn geradezu säuselnd an. «Der Herr wünschen?»

«Ich möchte da etwas, ein Armband, als Geschenk für meine … Freundin.» Er beginnt zu schwitzen.

«Unter dreißig?», erkundigt sich der Verkäufer.

«Also, ja. Sie ist so groß wie ich, sehr schlank, stets gut gekleidet.»

«Wenn Sie mir bitte folgen möchten.»

Er geht Mauro voraus, bietet ihm in einem kleinen Hinterzimmer mit zwei Sesseln einen Platz an und fragt: «Hoch, Durchschnitt, gehobener Durchschnitt?»

Mauro versteht kein Wort.

«Ich meine den Preis, Signore.»

Er ist lieber vorsichtig, denn er weiß nicht im Entferntesten, wie teuer so ein Armband sein kann.

«Ich bin gleich wieder da.»

Der Mann verschwindet, Mauro bleibt gerade genug Zeit, um sich mit dem Taschentuch über die Stirn zu fahren, als der Verkäufer mit drei grünen Samtrollen auch schon zurückkommt. Er legt sie auf einen kleinen Tisch, öffnet sie, rollte sie aus. In jeder Rolle sind zehn Armbänder, jedes steckt in einer Art Knopfloch.

«Bedienen Sie sich.»

Mauro zögert keine Sekunde, sein Blick ist sofort auf ein glitzerndes Armband von erhabener Schlichtheit gefallen.

«Das hier.»

«Der Herr hat einen guten Geschmack. Wenn Sie mir bitte

einen Ausweis und Ihre Kreditkarte geben möchten, während ich das für Sie einpacken lasse …»

Kurz darauf sitzt er wieder in einem Taxi. Zum Glück hat er die Kreditkarte vorher noch nicht benutzt, denn die bezahlte Summe liegt nur wenige Euro unter dem Monatslimit. Das eigentliche Problem wird Muttina werden, die ihre gemeinsamen Ausgaben wie ein Luchs überwacht. Er muss sich beizeiten eine gewaltige, doch glaubhafte Lüge zurechtlegen. Hin und wieder kontrolliert er tastend, ob das rechteckige Päckchen mit der Schleife, das das Kästchen mit dem Armband enthält, noch da ist, in der Innentasche seines Jacketts.

Unversehens wird Mauro durch ein scharfes Bremsen nach vorn geschleudert. Sein Taxi hat einen Volvo gestreift. Zwischen den beiden Fahrern vollzieht sich der Wechsel von Beschimpfungen zur Einigung ziemlich rasch, trotzdem kommt Mauro erst nach halb neun in die Via De Concini. Als er das Taxi bezahlt, sieht er eine Frau mittleren Alters ins Haus gehen.

«Würden Sie bitte die Tür auflassen!», ruft er ihr durchs Autofenster zu.

Die Haustür schließt automatisch, daher ist die Frau so freundlich, sie aufzuhalten, indem sie sich mit dem Rücken dagegenlehnt. Mauro kommt heran und bedankt sich.

Sie gehen ins Haus und bleiben vor dem Fahrstuhl stehen.

«In welches Stockwerk wollen Sie?», fragt die Frau.

«Ins vierte. Zu Liberti.»

«Dann steige ich zuerst ein, ich wohne im fünften. Ich bin Signora Caserta.»

«Angenehm. Assante.»

Die Frau entschließt sich noch nicht, in den Fahrstuhl zu steigen, sie hat Lust auf ein Schwätzchen. Mauro bebt.

«Wussten Sie schon? Mir gehört die Wohnung, in die Sie gehen. Ich vermiete sie meistens an Ausländer oder an Leute auf der Durchreise. Waren Sie schon drin?»

«Ja, Signora.»

«Ist sie nicht ein Traum? Und die Küche … Alles von mir selbst eingerichtet.»

«Alle Achtung!»

Das Kompliment wirkt wie ein Zauberwort. Die Frau steigt endlich ein, Mauro ebenso, der Fahrstuhl setzt sich in Bewegung.

Carla öffnet ihm überrascht.

«Wieso hast du nicht unten geklingelt?»

«Ich habe Signora Caserta an der Tür getroffen, die Eigentümerin dieser Wohnung. Sie hat geredet wie ein Wasserfall.»

«Und warum bist du so spät dran?»

«Mein Taxi hatte einen Unfall.»

«Komm rein. Paolo ist schon seit zehn Minuten da.»

«Es tut mir leid, kostbare Zeit vergeudet zu haben.»

Carlas Lippen berühren ihn flüchtig. «Ich habe sie genutzt und Paolo schon mal die Situation geschildert, wenn auch nur in groben Zügen.» Noch eine flüchtige Berührung der Lippen. «Na komm, lass uns zu ihm gehen.»

Trotz des weit offenen Fensters ist die Luft im Wohnzimmer verqualmt. Der Aschenbecher auf dem Couchtisch quillt über von Zigarettenkippen. Es ist unübersehbar, dass der stellvertretende Kommissar Kette raucht. Wie macht er das bloß im Büro, wo Rauchen verboten ist?

Groß, athletisch, braungebrannt und mit einem strahlenden Lächeln kommt Paolo Rizzi auf ihn zu und streckt ihm die Hand hin. Er hat nichts von einem Polizisten, doch alles von einem jungen Filmstar. Mauro ist er auf der Stelle sympathisch. Das Einzige, was ihn stört, ist, dass Rizzi es sich, in Jeans und mit hochgekrempelten Hemdsärmeln, auf dem Sofaplatz bequem macht, den Mauro inzwischen als den seinen betrachtet.

Vierzehn

«Was man über die Banca Santamaria so hört …», beginnt Rizzi, der zu Mauros Erleichterung deutlich zu erkennen gibt, dass er keine Zeit zu verlieren hat.

Er wird von der Klingel unterbrochen. Carla antwortet an der Sprechanlage.

«Die Pizza ist da!», hören sie sie rufen. «Zu Tisch!»

Rizzi stürzt in die Küche, als hätte er seit Tagen nichts gegessen. Mauro folgt ihm etwas pikiert. Nicht wegen der Unhöflichkeit, sondern weil der junge Mann sich in der kleinen Wohnung von Carlas Freundin bestens auszukennen scheint. War er hier schon öfter zu Besuch, und haben sie gemeinsam die alten Zeiten wieder aufleben lassen? Er schämt sich für diesen Gedanken. Carla kann ihn herumgeführt haben, als sie auf ihn, Mauro, gewartet haben.

«Über die Banca Santamaria», nimmt Rizzi, noch mit dem ersten Bissen im Mund, das Gespräch wieder auf, «weiß ich schon so einiges, und das seit geraumer Zeit. Doch eins müssen Sie mir noch sagen, auch wenn es nicht korrekt ist, das verstehe ich natürlich, aber bedenken Sie, dass ich Polizist bin und Sie mir vertrauen können: Welche Maßnahmen wird das Institut Ihrer Meinung nach aufgrund Ihres Berichts zwangsläufig ergreifen?»

Mauro kann der Frage nicht ausweichen, auch wenn dies gegen seine Natur und gegen sein Pflichtgefühl verstößt. Es geht um laufende Ermittlungen, die streng vertraulich behandelt werden müssen, er dürfte sie nicht einmal erwähnen. Ihre Ergebnisse vorzeitig bekanntzugeben ist eindeutig eine Straftat.

«Eine Anzeige bei der Justizbehörde», sagt er schroff.

«Also große Unannehmlichkeiten für den Herrn Staatssekretär, den Senator und Konsorten, selbst wenn sie nicht unmittelbar involviert sind?»

«Große und unabwendbare Unannehmlichkeiten, ja. Sie wissen das und haben einen Plan entwickelt, um mich beim Direktorium in ein schlechtes Licht zu rücken.»

«Man will also, dass Sie von diesem besonderen Auftrag abgezogen und durch jemand anderen ersetzt werden?»

«Ja, doch dieser andere muss wieder ganz von vorn anfangen, zuallererst mit einer neuen Inspektion.»

«So dass sie die dringend benötigte Zeit erhalten, um einige Löcher zu stopfen», schlussfolgert Rizzi.

Ein helles Köpfchen, dieser junge Mann, gar keine Frage.

Rizzi schaut von der halben Pizza auf, die noch auf seinem Teller liegt, trinkt in einem Zug drei Schluck Wein, wischt sich mit dem Handrücken den Mund ab und lächelt Mauro liebenswürdig zu. «In Anbetracht der Umstände gehe ich davon aus, dass man den entscheidenden Schlag gegen Sie mit an Sicherheit grenzender Wahrscheinlichkeit innerhalb der nächsten achtundvierzig Stunden führen wird.»

Mauro erstarrt und wird kreidebleich.

Carla, die neben ihm sitzt, nimmt seine Hand und streichelt sie. Rizzi setzt zu dem Versuch an, einen Soßenfleck von seinem Hemd zu entfernen, und wischt mit seinem Finger darüber, den er zuvor in sein Wasserglas getaucht hat. Da er den Schaden so aber noch schlimmer macht, hört er damit auf und sagt zu Mauro: «Und jetzt erzählen Sie mir von Anfang an alles Merkwürdige, was Ihnen passiert ist, ohne das kleinste Detail auszulassen.»

«Gut. Begonnen hat alles mit Carlas unverhofftem Erscheinen bei mir zu Hause.»

«Lassen Sie das weg. Das hat Carla mir schon erzählt.»

Mauro begehrt auf. Der junge Mann will ausgerechnet über

diesen Eröffnungszug hinweggehen, den weder er noch sie sich erklären konnten! «Entschuldigen Sie, wenn ich darauf bestehe, aber ich begreife nicht …»

«Sie wollen verstehen, warum man sie Ihnen geschickt hat? Das war eine doppelte Fehleinschätzung. Sicherlich der Eile geschuldet, mit der sie vorgegangen sind. Sie nahmen an, Carla sei ein leichtes Mädchen und Sie ein Mann um die fünfzig, der einem Seitensprung nicht abgeneigt ist. Später hätten sie dieses kleine Abenteuer verwendet, um Sie zu erpressen. Das ist ein Klassiker. Allerdings haben sie schnell gemerkt, dass sie einen kolossalen Fehler gemacht haben, und darum ihre Pläne komplett geändert. Reden Sie weiter.»

Mauro setzt seine Erzählung mit dem Anruf des unauffindbaren Verlags Lux fort, und als er fertig ist, sitzen sie wieder im Wohnzimmer und trinken Whisky. Rizzi ist schon bei der zweiten Schachtel Zigaretten.

Er hat mit größter Aufmerksamkeit zugehört und ihn oft unterbrochen, um nach einer Ungereimtheit oder einem Detail zu fragen, nun grübelt er still vor sich hin. Carla sitzt bei Mauro auf der Armlehne des Sessels, mit einer Hand auf seiner Schulter. Ab und an streicheln ihre Finger seine Wange.

Seltsam! Diese sanften Zärtlichkeiten lösen bei Mauro kein Gefühl von Sorglosigkeit und Vertrauen aus, sondern verstärken seine Anspannung noch und sind ihm sogar etwas unangenehm, so als würde eine aufdringliche Fliege …

«Dottor Assante, hören Sie mir genau zu», sagt Rizzi plötzlich.

Womöglich hat er zu laut gesprochen, denn Mauro schreckt auf und rückt den Knoten seiner Krawatte zurecht, während Carla rasch ihre Hand von seiner Schulter nimmt, als wäre sie glühend heiß.

«Ich will kein Blatt vor den Mund nehmen und übernehme die volle Verantwortung für das, was ich sage», fährt Rizzi fort.

«Doch für mich ist sonnenklar, dass Ihnen kein Handlungsspielraum mehr bleibt.»

Mauro schließt die Augen. Er hat einen Ratschlag erwartet, kein Todesurteil. Ihm fehlt die Luft, um irgendeinen Laut von sich zu geben.

Carla ist schneller. «Was soll das heißen?»

Rizzi stößt Rauch aus. «Das heißt, dass er nicht mehr genug Zeit für das hat, was er tun wollte.»

Carla verliert die Geduld. «Aber würdest du bitte …»

«Nur die Ruhe. Warum wollte sich Dottor Assante, mit deiner Hilfe, mit mir treffen? Um mir seine Situation zu schildern und von mir zu erfahren, wie er sich am besten verhält, falls er sich an die Polizei wenden muss. Ist es nicht so?»

«Ist ja gut», räumt Carla sofort ein.

«Darum sage ich dir, dass keine Zeit mehr bleibt für Anklagen, Ermittlungen, Beschattungen, Verhöre … Also wirklich! Sie schlagen zu, noch bevor wir angefangen haben, Dottor Assantes Personalien fürs Protokoll aufzunehmen.»

Nun ist auch Mauro alles klar. «Demnach … ist da nichts zu machen?», haucht er mit dünnem Stimmchen.

«Das habe ich nicht gesagt», antwortet Rizzi. «Ich glaube, die Isolation, die Ihre Chefs Ihnen auferlegen wollen, ist beim jetzigen Stand der Dinge das Logischste und Zweckmäßigste, was man tun kann. Dieser Hausarrest wird nicht lange dauern, da bin ich mir sicher. Denn wenn es den anderen nicht schnellstens gelingt, Sie ans Messer zu liefern, werden ihre Manöver schon bald an Schlagkraft und Wirksamkeit verlieren.»

Für Mauro ist das eine kalte Dusche. Doch er muss reagieren, und er tut es. «Wissen Sie, Rizzi, diese Isolation könnte jemandem den Vorwand dafür liefern, mich zum Sündenbock zu machen … Ich weiß nicht, ob ich mich klar ausdrücke … Kurz und gut, allein kann ich nicht …»

Rizzi fällt ihm ins Wort. «Natürlich kann ich Ihnen helfen,

muss aber, sozusagen, hinter den Kulissen bleiben, im Verborgenen.»

Mauro greift nach diesen Worten wie nach einem Strick. Mit einer Spinnwebe hätte er das Gleiche getan. «Und wie?!»

«Dass Sie Carlas Einladung zum Essen gefolgt sind, war bereits ein schwerer Fehler, das müssen Sie zugeben. Vermeiden wir nachher, wenn Sie gehen, einen zweiten.»

«Leider können Sie mich nicht unsichtbar machen.»

«Das käme auf einen Versuch an.» Er springt auf, zieht sein Handy aus der Tasche und steuert auf die Tür zu. «Entschuldigt, ich muss telefonieren.»

Als er weg ist, fragt Carla Mauro mit leiser Stimme, während sie ihm Whisky einschenkt: «Was hältst du von ihm?»

«Er ist ein ruppiger Typ, doch sein Pragmatismus gefällt mir. Manchmal ist er direkt unangenehm, aber …»

Carla lacht. «Sein Gehabe ist so eine Art Schutz, denn ob du's glaubst oder nicht, im Grunde ist er von der schüchternen Sorte. Und er gehört zu der seltenen Spezies, die ihre Versprechen immer und unter allen Umständen hält. Du kannst also dem, was er sagt, blind vertrauen. Das sollten wir auch tun.»

Sie beugt sich zu ihm, um ihn zu küssen, da kommt Rizzi zurück. Er wirkt hochzufrieden.

«Ich habe einen sofortigen *Code Y* angefordert und ihn auch bekommen.»

«Und was heißt das?», fragt Mauro.

«In einer halben Stunde wird ein Taxi vor dem Eingang dieses Hauses parken. Der Fahrer wird das Taxischild auf dem Dach ausschalten und weggehen. Sie, Dottor Assante, brauchen nichts weiter zu tun, als vor der Haustür mehrmals kräftig zu husten und sich mit einem Taschentuch den Mund abzuwischen, wenn sie, egal wann, beschlossen haben, aufzubrechen. Der Fahrer, einer unserer Polizisten, wird sofort zur Stelle sein und Sie nach Hause bringen.»

«Ich weiß gar nicht, wie ich Ihnen dank...»

«Ich bin noch nicht fertig. Mein Kollege wird Sie in Ihre Wohnung begleiten, nachsehen, ob alles in Ordnung ist, und dann gehen.»

Mauro will etwas sagen, doch Rizzi lässt sich nicht unterbrechen.

«Noch etwas. Ich werde jetzt eine Überwachung Ihrer Wohnung organisieren. Ich denke, drei Tage werden genügen. Die beiden, sagen wir, operativen Helfershelfer, haben Sie mir ja beschrieben: den Schnauzbart, der sich als Ihr Sekretär ausgibt, und den falschen Polizisten mit der Warze, der auch den Bestohlenen gespielt hat. Alles wird sich zum Besten wenden, glauben Sie mir.»

Er zieht sein Portemonnaie aus der Hosentasche, entnimmt ihm eine Visitenkarte und reicht sie Mauro. «Hier meine Karte. Auf die Rückseite habe ich meine Privatnummer aufgeschrieben. Zögern Sie im Notfall nicht, mich anzurufen, egal, wie spät es ist.»

Er gibt Mauro die Hand und lächelt ihn an. Mauro will ihn spontan umarmen, doch Rizzi weicht aus und sagt zu Carla: «Komm, bring mich noch zur Tür.»

«Moment», sagt sie, ohne sich zu rühren.

«Was ist denn noch?», fragt er gereizt, wobei er ostentativ auf seine Armbanduhr schaut.

«Dass ich auch noch da bin.»

«Wie meinst du das?»

«Deiner Meinung nach dürfen Mauro und ich uns während des Hausarrests nicht sehen?»

«Das liegt doch auf der Hand. Aber das gilt, wie gesagt, nur für kurze Zeit, höchstens für drei Tage.»

«Das ist ja eine Ewigkeit!», sagt Carla schroff.

Mauro hört in seinem Innern die Festtagsglocken läuten.

«Carla, es ist, wie es ist, daran lässt sich nicht rütteln. Wenn ihr es nicht aushaltet, ruft euch einmal am Tag an, immer zu anderen Zeiten und vor allem nur ganz kurz. Jetzt komm.»

Rizzi bricht auf, und Carla folgt ihm.

Dieser Kerl will unbedingt einen Extraabschied, denkt Mauro und fällt erschöpft aufs Sofa zurück.

Das wird also die letzte Nacht sein, die er mit Carla verbringt, und das ist das Schlimmste, ja, Unerträgliche an diesen nun folgenden Tagen.

Dann sieht er allmählich alles in einem anderen Licht.

Mit Rizzis Hilfe, die eigentlich ein, wenn auch nicht offizieller, Polizeischutz ist, kann er sich nicht nur voll und ganz auf seinen Bericht konzentrieren, sondern auch und vor allem die von Cosentino angedrohte mögliche Anklage wegen Mittäterschaft abwenden.

Was wenige Stunden zuvor noch wie eine sichere Niederlage aussah, scheint sich nun mit großer Wahrscheinlichkeit in einen unverhofften Sieg zu verwandeln. Und das alles durch Carla, diese wunderbare Frau, die zufällig in sein Leben getreten ist, die er dann verlor und die er ebenso zufällig wiedergefunden hat …

«Zieh sofort Krawatte und Jackett aus!», befiehlt Carla, als sie wieder hereinkommt. «Sonst setze ich mich nicht zu dir!»

Mauro springt auf, gehorcht und wirft sein Jackett auf einen Sessel.

Einen Moment später hockt sie auf seinen Knien und presst ihre Lippen auf seinen Mund. Von Zeit zu Zeit macht sie sich los, doch nur, um kurz Luft zu holen …

Und alles, ohne dass sie auch nur ein Wort wechseln.

Danach, er weiß nicht, wie viel Zeit vergangen ist, blitzt ein Gedanke in seinem Kopf auf.

Das Geschenk! Das hatte er vollkommen vergessen!

«Bitte entschuldige, ich muss mal aufstehen.»

Carla sieht ihn verblüfft an, lässt aber von ihm ab. Mauro geht zum Sessel und nimmt sein Jackett.

«Willst du schon los?!»

Carla hat nicht geschrien, sie hat sogar mit gedämpfter Stimme gesprochen. Doch wie viel bittere, aufrichtige Überraschung liegt in diesen Worten! Und wie viel Enttäuschung! Und darunter, tief darunter, ein Hauch von Verzweiflung, der Mauro überrascht und ihn innehalten lässt.

Warum ist sie denn nahezu bestürzt über eine so gewöhnliche Geste?

Er lächelt ihr zu. «Ich denke nicht mal im Traum daran.»

«Und was willst du sonst tun?», beharrt sie ängstlich und noch nicht beruhigt.

«Ich will dir nur das hier geben», sagt Mauro, zieht das Päckchen hervor und legt es auf den Tisch.

Er ist sichtbar verlegen und weiß, dass er der Situation nicht gewachsen ist, noch nie hat er einer anderen Frau als Muttina ein Geschenk gemacht. Er setzt sich zurück aufs Sofa.

Carla hat sich nicht gerührt.

Sie hat das goldglänzende Päckchen nur mit einem flüchtigen Blick gestreift und ihre Augen dann wieder auf Mauro geheftet.

«Was ist das?»

«Eine kleine Aufmerksamkeit für dich.»

«Aha.»

Ein *Aha* ohne jeden Ausdruck.

Mauro ist verwirrt. Er hat mit Freudenquieksern gerechnet, mit Dankesworten und Küsschen …

«Willst du nicht nachsehen, was es ist?»

Mit einer vollkommen leeren Miene beugt Carla sich vor und wickelt das Geschenk aus. Ihre Bewegungen sind vorsichtig, sorgfältig löst sie die Knoten des Schleifenbands und achtet darauf, dass das Geschenkpapier auch nicht ein bisschen einreißt.

Schließlich wird auch das Etui geöffnet, und das Armband kommt zum Vorschein.

Ohne es zu nehmen, beugt sich Carla darüber und schaut es an. «Es ist wunderschön», flüstert sie.

Dann schließt sie das Etui unter Mauros entsetzten Augen und packt es wieder ein. Am Ende sieht das Geschenk genauso aus wie vorher.

«Danke.» Sie hält kurz inne. «Aber das kann ich nicht annehmen.»

Fünfzehn

Mauro ist wie vom Blitz getroffen. Er begreift nicht, warum Carla ihn so behandelt. Hat er einen Fehler gemacht? Und wenn ja, welchen? Er kann sich im Moment keinen Reim darauf machen, und die Worte, die nun aus ihm herausplatzen, sind in dieser Situation gewiss die ungeeignetsten.

«Und was soll ich jetzt damit anfangen?»

«Deine Sache. Bring es zurück. Sag ihnen, dass es der Person, der du es schenken wolltest, nicht gefallen hat. Und wenn sie dir dein Geld nicht zurückgeben wollen, kauf deiner Frau was Schönes», antwortet Carla, während sie sich nervös die letzten Tropfen aus der Whiskyflasche eingießt.

Sie steht auf, lässt ihr Glas auf dem Tisch stehen und nimmt das von Mauro. «Nebenan ist noch ein kleiner Rest. Ich hole ihn dir.»

Sie geht hinaus, kommt mit dem fast halbvollen Glas zurück und reicht es Mauro. Sie trinken auf Distanz, er auf dem Sofa, sie im Sessel.

Mauro ist es, der das lastende Schweigen bricht. Er kann nicht anders, er ist nun mal so, immer muss er auf Fragen, die er anderen oder sich selbst stellt, eine logische Antwort einfordern oder selbst finden.

«Eine Erklärung habe ich aber schon verdient, glaube ich.»

Carlas prompte Reaktion zeigt deutlich, dass sie diese Aufforderung erwartet hat. «Ja, das stimmt. Kann ich dich was fragen?»

«Alles, was du willst.»

«Denk gut nach, bevor du antwortest. Was bedeutet dieses

Geschenk für dich? Oder besser: Sollte es einfach ein Dankeschön sein oder eher ein Antrag auf Langfristigkeit?»

Da braucht Mauro nicht erst zu überlegen. «Als ich es gekauft habe, sollte es eine kleine Geste sein, mit der ich mich erkenntlich zeigen wollte, ein Dankeschön, wenn du so willst, doch jetzt, wo ich weiß, dass ich dich drei Tage nicht sehen darf, ist es mehr denn je ein Antrag auf … Langfristigkeit, wie du das nennst.»

«Ich verstehe. Mit anderen Worten, du hättest gern eine Affäre mit mir.»

Mauro fühlt sich verpflichtet, das richtigzustellen. Auch deshalb, weil ihm manche gängige Redensarten ein geradezu körperliches Unbehagen bereiten. «Keine Affäre, sondern eine … Beziehung», korrigiert er.

Carlas Lachen bricht ebenso schallend wie unerwartet los. Mauro wundert und ärgert sich. Kann es sein, dass er gerade komplett danebenliegt?

«Was habe ich denn so Witziges gesagt?»

Carlas Gelächter reißt nicht ab. «Eine Beziehung!», wiederholt sie.

So abrupt, wie sie begonnen hat, hört sie wieder auf. Sie sieht Mauro todernst in die Augen. «Eine Beziehung, die so streng geheim gehalten werden muss wie der Bericht, an dem du gerade sitzt?»

Mauro weiß nicht, was er antworten soll. Selbst wenn er es wüsste, könnte er es nicht.

Eine plötzliche, schwere Müdigkeit zieht ihn in einen grauen Strudel, in dem sich die Stunden, Minuten und Sekunden dieses langen Tages, die gesagten und gehörten Worte, die vollführten und beobachteten Gesten in einen zähflüssigen Kleister verwandeln, der ihm jede Regung unmöglich macht. Ihm wird schwindlig. Nur mit Mühe kann er noch sein Glas halten. Er neigt den Kopf nach hinten und schließt die Augen.

Carla setzt sich neben ihn. Nimmt ihm das Glas aus der

Hand. Sie scheint ihn eher flüsternd einzulullen, als mit ihm zu sprechen. Von sehr weit her erreicht Mauro zwar der Klang ihrer Worte, nicht aber deren Sinn.

«Bitte verzeih mir … verzeih mir mein dummes Lachen von eben … Weißt du … ich bin nicht so eine, die … Familien auseinanderbringt … Du hast deine Frau und deinen Sohn … halte sie fest … Unsere Affäre dauert, so lange sie eben dauert … Sie wird ihre Höhen und Tiefen haben … und dann wird einer von uns beiden die Nase voll haben … das ist nicht zu ändern … Doch lass uns jetzt nicht daran denken … Bleib noch ein bisschen hier und ruh dich aus … dann … wenn du willst … kannst du mich bei der Hand nehmen … mich nach nebenan bringen … und wir bleiben noch lange zusammen … noch lange … bis zum Morgengrauen … wenn du willst …»

In Panik und mit dem Impuls, sich schnellstens aus dem Staub zu machen, egal, wo er hier überhaupt ist, reißt er die Augen auf. Doch sein Körper ignoriert diesen Fluchtbefehl, es ist, als würde er noch schlafen.

Mauro begreift, dass er in einem Bett liegt und Pyjamahosen trägt, die, dem Stoff und den Falten nach zu urteilen, ihm gehören. Doch diese Zimmerdecke gehört ihm nicht, sie ist dunkel und starr, während er doch die Fensterläden immer nur angelehnt lässt, so dass das Licht von der Straße fortwährend ein kaleidoskopisches Helldunkel an die Decke malt.

Kann es sein, dass er die Fensterläden unbewusst geschlossen hat? Wie spät ist es überhaupt?

Er versucht den Kopf vom Kissen zu heben, stößt jedoch einen Schmerzensschrei aus und fällt wieder zurück.

Zeitgleich mit diesem Anflug einer Regung kracht ein Hammerschlag gegen seine linke Schläfe, gefolgt von einem zweiten gegen die andere Schläfe, und unmittelbar darauf gehen beide Hämmer unisono los.

Ihm dröhnt nicht nur unerträglich der Kopf, nein, unter diesen Schlägen und Schmerzen scheint zudem sein Gehirn Aussetzer zu haben.

Er ist fix und fertig, badet in einem säuerlichen Schweiß. Stets hat er sich bester Gesundheit erfreut, mal eine leichte Erkältung, das ja, doch die hat er im Sessel auskuriert, nie im Bett, im Bett soll man sich nicht länger als unbedingt nötig aufhalten, zum Schlafen oder zum Sex, noch länger darin zu verweilen ist ein Frevel.

Aber was ist mit ihm passiert? Was hat er getan?

Er erinnert sich an nichts, sein Gedächtnis ist so finster wie die Zimmerdecke, schlimmer noch, es ist wie eine gründlich abgewischte schwarze Tafel. Seine angestrengten Versuche, sich zu erinnern, verstärken das Hämmern in den Schläfen noch beträchtlich.

Er kann nichts tun als auf dem Rücken liegen, ohne eine Faser seines Körpers zu bewegen. Und stöhnen.

Gedämpft klingt von der Straße ein anhaltender Ton herauf. Zunächst begreift er nicht, was es ist, doch schließlich hört er ihn klar und deutlich: Es ist eine Autohupe.

Wenn er sich schon nicht bewegen kann, so kann er doch wenigstens hören! Da, das ist das Motorgeräusch eines Busses und da das eines Motorrollers … Es herrscht reger Verkehr.

Aber dann ist es ja schon Tag!

Und er, wie lange liegt er schon krank im Bett? Stunden, Tage, Monate, Jahre? Er hat jedes Zeitgefühl verloren. Vielleicht hat er eine ansteckende Krankheit, und man hat ihn unter Quarantäne gestellt. Oder ist er vielleicht aus einem langen Koma erwacht? Dann ist das hier also das Zimmer eines Krankenhauses? Für gewöhnlich liegt dort ein süßlicher Arzneimittelgeruch in der Luft … Er schnuppert: abgestandene Luft und Schweiß, weiter nichts.

Doch er muss handeln, muss wissen, koste es, was es wolle.

Bestimmt sind Menschen in der Nähe. Allerdings ist sein Mund völlig ausgetrocknet.

Er versucht, ihn zu befeuchten, indem er möglichst viel Speichel sammelt, und schreit: «Hilfe!»

Er hat nur ein Krächzen herausgebracht, das niemand gehört haben kann und das er mit einem stechenden Schmerz in seinem Gehirn bezahlt.

Nun laufen ihm mit dem Schweiß auch noch Tränen übers Gesicht.

Ein heftiges Klappen, ganz in der Nähe. Was war das? Ach so, ein Fenster, das wohl der Wind zugeschlagen hat. Und jetzt ein näher kommendes Klacken. Aber das sind ja Schritte! Die Schritte einer Frau, die …

Das Licht der sich öffnenden Tür ist eine Klinge, die ihm die Pupillen zerschneidet. Aus den Augenwinkeln sieht er Zinaida, die rasch zum Fenster geht, es öffnet, die Fensterläden weit zurückschlägt, sich umdreht, ihn entdeckt und erstarrt, mit einem vor Staunen kreisrunden Mund.

«Oh, ich nicht wissen, Signore hier sein!»

Also ist es neun Uhr morgens, denkt Mauro.

Zinaida hat unterdessen seinen Zustand bemerkt. Sie tritt ans Bett. «Signore gehen schlecht?»

«Ja.»

Diese Silbe genügt, um Zinaida in eine emsige Rotkreuzschwester zu verwandeln. Sie legt ihre Hand auf Mauros Stirn. «Kleines Fieber.»

Mauro wird nun in Wellen übel. Doch im Bett hält er es nicht länger aus.

«Hilf mir … ich muss aufstehen.»

Angestrengt versucht er, seine Beine zu bewegen. Sie sind wie am Laken festgeklebt. Zinaida ergreift die Initiative. Sie packt Mauro an den Fußgelenken, zieht ihn zum Bettrand und setzt ihn auf, wobei sie ihn an den Schultern stützt.

Ein Schwall Erbrochenes ergießt sich aus Mauros Mund.

«Signore nicht Sorgen machen.»

Sie verschwindet, kommt mit einer Schüssel wieder und hält Mauros Stirn, der weiter auf den Boden, aufs Laken und auf seine Pyjamahosen reihert. Erschöpft fällt er mit geschlossenen Augen nach hinten. Er hört, dass Zinaida den Fußboden wischt. Nun spürt er ihre Hände, die seine Hüften erst auf der einen Seite anheben, dann auf der anderen. Er begreift nicht, was sie vorhat, und es kümmert ihn auch nicht weiter.

Kurz darauf massiert ihn ein in lauwarmes Wasser getauchter Schwamm sanft von der Stirn bis zu den Zehenspitzen. Demnach ist er nackt! Doch die Wohltat, die er spürt, gewinnt die Oberhand über sein Schamgefühl. Auch dann, als Zinaida ihm hilft, sich auf den Bauch zu drehen, damit sie ihm den Rücken waschen kann.

Zinaida hat ihn veranlasst, einen frischen Pyjama anzuziehen, konnte Mauro aber nicht überreden, wieder ins Bett zu gehen.

Auch deshalb nicht, weil er sich allmählich besser fühlt. Das Pochen in den Schläfen ist erträglich geworden und die Übelkeit verschwunden. Zinaida hat ein Thermometer ausfindig gemacht und ihn unter Androhung eines Anrufs bei Muttina genötigt, Fieber zu messen. Er hat 37,2, nur eine leichte Temperaturerhöhung.

Mauro sitzt in seinem Arbeitszimmer im Sessel und wälzt Fragen über Fragen. Da sie ihm das Gehirn verstopfen und ihn unangenehm verwirren und sein Gedächtnis ohnehin noch eine gelöschte schwarze Tafel ist, beschließt er, sie nach Priorität zu ordnen. Als Erstes will er wissen, was ihm passiert sein kann und welche Unpässlichkeit ihm so hart zugesetzt hat.

Er ruft den Mann einer Freundin von Muttina an, Mario Remini, der ein bekannter Herzchirurg ist. Remini kann ihm drei Minuten Gehör schenken.

Mauro schildert ihm jedes Detail.

«Krämpfe und Durchfall?»

«Nein, nur Übelkeit und Erbrechen. Ich habe 37,2 Fieber. Die Kopfschmerzen sind inzwischen auszuhalten.»

Remini hat nur eine einzige Vermutung. «Vielleicht hast du eine leichte Lebensmittelvergiftung. Was hast du gestern Abend gegessen?»

«Das weiß ich nicht mehr.»

«Das weißt du nicht mehr?! Dann hast du dich also volllaufen lassen!»

«Ehrlich, ich habe nicht …»

«Wegen eines stinknormalen Katers gehst du mir auf die Nüsse? Hör zu, bleib im Bett und trink in rauhen Mengen Wasser. Ciao.»

Als er aufgelegt hat, blitzt eine Erinnerung in Mauro auf. Vor seinem geistigen Auge erscheint ein Teller, über dessen Rand eine Pizza quillt. Eine Pizza Capricciosa, so eine mit gekochtem Ei in Scheiben, mit Pilzen, Schinken … Vielleicht war das Ei ja schlecht …

Aber war er allein oder in Gesellschaft? Der Erinnerungsblitz wiederholt sich nicht. Die Tafel bleibt schwarz. Wie dem auch sei, ob gut oder schlecht, eine erste Antwort hat er immerhin. Doch sie ist so nebensächlich, dass sie auf sich selbst beschränkt bleibt. Er braucht einen konkreten, ausführlichen Ausgangspunkt, um der schwarzen Tafel noch ein Stück zu entreißen … Aber den gibt es ja! Er ruft Zinaida.

«Wo sind meine Sachen von gestern Abend?»

«Selber Ort. Auf Stuhl neben Bad.»

«Bring sie mir, zusammen mit dem Stuhl.»

Jackett, Hemd, Krawatte und Hosen liegen so da, wie er sie immer hinlegt, wenn er sich auszieht, alles an seinem Platz, nur dass er sich nicht erinnern kann, die Sachen dort abgelegt zu haben. Er nimmt das Jackett und untersucht es, nichts fehlt, die Brille steckt in der Brusttasche, die Brieftasche in der rechten

Innentasche, das Handy in der kleineren Tasche auf der linken Seite. Er klappt die Brieftasche auf, wirft einen kurzen Blick hinein. Anscheinend fehlt nichts. In den Hosentaschen ein Taschentuch, seine Schlüssel, Kleingeld.

Er ist enttäuscht, hat er doch wirklich gehofft, etwas Ungewöhnliches zu entdecken, was ihm einen Hinweis hätte geben können …

«Ich leichtes Suppe machen für Signore.»

«Danke, aber ich habe keinen Hunger.»

«Suppe guttun. Signore kosten, wenn schmecken, dann essen, wenn nicht, nicht.»

Er fügt sich.

«Gut. Ich komme in fünf Minuten.»

Er kann sich doch nicht im Pyjama an den Tisch setzen! Das hat er noch nie getan, und er wird es auch nie tun.

Doch seine Beine sind wacklig, er fühlt sich nicht imstande, bis zum Bad zu kommen. Er wird den Anzug vom Vortag anziehen, der ist in Reichweite. Er ruft Zinaida und bittet sie, ihm saubere Unterwäsche, ein Paar Socken, ein Hemd und seine Schuhe zu bringen. Dann zieht er sich im Arbeitszimmer an, im Sitzen, er nimmt seine Hosen, hält sie am Gürtel und beugt sich vor, um sie überzustreifen. Da passiert ihm etwas Unerklärliches. Seine Beine bleiben lang ausgestreckt und sind wie abgestorben, als weigerten sie sich, in diese Hosen zu steigen. Und nicht nur das, sein ganzes Ich wird von einem starken Widerwillen geschüttelt, als hätte er kein Textil in der Hand, sondern einen fauligen, verwesenden Stoff.

Er zwingt sich, seinen Ekel zu überwinden, hebt die Hosen hoch, untersucht sie und riecht daran. Nichts Auffälliges, kein besonderer Geruch. Aber was ist es dann? Basta! Er hält diese Fragerei nicht mehr aus!

«Zinaida, hol mir einen anderen Anzug und bring den auf dem Stuhl in die Reinigung.»

Zu Zinaidas Zufriedenheit verschlingt er mit sichtlichem Genuss das Süppchen und eine Birne. Als er gegessen hat, geht er wieder ins Arbeitszimmer. Er vermeidet einen längeren Blick auf die ausgeschalteten Computer. Sie wecken sein schlechtes Gewissen, er hat einen kostbaren Vormittag verloren. Wieder nimmt er sich vor, die vergeudete Zeit aufzuholen, indem er sich sofort an die Arbeit setzt. Er wird den Bericht zum vorgesehenen Termin abgeben, davon ist er fest überzeugt. Vorher sollte er sich lieber noch bei Muttina melden. Er wird heftig angeschnauzt.

«Ist das die Möglichkeit? Seit gestern habe ich nichts von dir gehört!»

«Muttina, ich hab doch schon versucht, dir zu erklären, dass meine Vorgesetzten …»

«Hör mir auf mit deinen Vorgesetzten! Ich bin deine Frau!»

Das Donnerwetter dauert fünf Minuten. Dann beruhigt sie sich. «Wie geht es dir?»

«Ausgezeichnet. Und dir? Und Stefano?»

Noch fünf Minuten Harmonie, dann kann Mauro endlich den Computer einschalten.

Um sein Gedächtnis in Schwung zu bringen, liest er die Seiten seines Berichts noch einmal durch, die er bisher verfasst hat, und schon bei den ersten Zeilen gratuliert er sich. Er erinnert sich an jedes Detail und hat die Linie, die er weiterverfolgen will, klar vor Augen. Erleichtert atmet er auf. Er wird seine Pflicht erfüllen, und Cosentino und Co. werden gute Miene zu bösem Spiel machen müssen. Oder besser: böse Miene zu gutem Spiel. Er lächelt und wundert sich, dass er zu einem kleinen Wortspiel in der Lage war. Er zieht sich das Jackett aus und stürzt sich in die Arbeit.

Um drei kommt Zinaida, um sich zu verabschieden, sie habe ihm ein leichtbekömmliches Abendessen bereitet, es stehe im Kühlschrank, er müsse es nur aufwärmen. Mauro bringt sie zur Tür, weil er hinter ihr zuriegeln möchte.

Auf dem kleinen Tisch in der Diele liegt ein elegantes Päckchen in einer edlen Verpackung. Mauro sieht es und erstarrt.

«Wer … wer …», stammelt er.

«Ich nicht wissen, Signore. War schon da, als ich kommen», sagt Zinaida und macht sich auf den Weg.

Es geht ganz schnell. Die schwarze Tafel zerfällt in zwei Teile, und einer davon zerspringt geräuschlos in tausend Stücke.

Sechzehn

«Carla!», schreit er.

Wie hat er sie bloß aus seiner Erinnerung, aus seinem Körper verbannen können, und sei es nur für wenige Stunden? Er muss etwas viel Schlimmeres gehabt haben als eine einfache Lebensmittelvergiftung.

Er nimmt das Päckchen mit in sein Arbeitszimmer. Der Weg dahin ist denkbar kurz, genügt ihm jedoch, um sich klar und deutlich an die Ereignisse vom Vorabend zu erinnern, an das schnelle Abendessen zu dritt, an Rizzis Reden, die Diskussion mit Carla wegen des Armbands, seine urplötzliche, bleierne Müdigkeit, Carla, die mit ihm spricht und … und dann?

Und dann? Der nicht zersprungene Teil der schwarzen Tafel hindert ihn daran weiterzudenken. Kann es sein, dass die Müdigkeit ein Vorbote seiner Krankheit war und Carla angesichts seines sich verschlechternden Zustands beschlossen hat, ihn nach Hause zu bringen und ins Bett zu legen, wobei sie sich von dem Taxifahrer-Polizisten helfen ließ, den Rizzi geschickt hat …

Ja, so muss es gewesen sein. Allerdings ist da etwas, was keinen Sinn ergibt.

Warum hat Carla ihn noch nicht angerufen – es ist immerhin schon halb vier – und sich erkundigt, wie es ihm geht? Dieses Schweigen beunruhigt ihn, es sieht ihr gar nicht ähnlich. Selbst wenn sie sehr beschäftigt wäre, hätte sie die Zeit für einen kurzen Anruf doch wohl finden können. Es sei denn … Der Gedanke erschreckt ihn … Auch die anderen Pizzastücke waren mit gekochten Eiern und Pilzen belegt …

Du lieber Gott, vielleicht hat es auch Carla erwischt …

vielleicht liegt sie in einem Krankenhausbett und hat kein Telefon …

Er braucht Klarheit, unbedingt. Er ruft sie an. Die übliche Stimme vom Band teilt ihm mit, dass der gewünschte Teilnehmer nicht erreichbar ist oder sein Handy abgeschaltet hat.

Mauro packt ein düsteres Entsetzen. Für ihn steht außer Frage, dass Carla nicht in der Lage ist zu antworten. Aber er gibt nicht auf. Er muss sie finden. Nur wo? Und wie?

An diesem Punkt sinkt er betroffen in den Sessel. Was weiß er eigentlich von Carla? Den Nachnamen, der ihm gerade nicht einfällt, und dass ihre Eltern in Viterbo leben, dass sie für einen Escort-Service arbeitet … und das war's. Sie hat ihm nie erzählt, wo sie wohnt oder wie ihre Agentur heißt … Er ahnt, dass er in einer Sackgasse steckt. Sinnlos, aus dem Internet alle römischen Agenturen herauszusuchen, die einen Escort-Service anbieten, und sich mit ihnen in Verbindung zu setzen. Abgesehen davon, dass es verlorene Zeit wäre, hat Maurizio garantiert schon strengstens angeordnet, jeden Kontakt auf der Stelle abzubrechen, selbst wenn Mauro durch einen Glückstreffer die richtige Agentur finden sollte.

Nein, das war nicht der richtige Weg. Gibt es keinen anderen? Vor ihm liegt eine Wüste.

Er ist kurz davor zu verzweifeln, als er sich an die Visitenkarte erinnert, die Rizzi ihm am Vorabend gegeben hat und die er, Mauro, in seine Jacketttasche gesteckt hat. Doch als er das Jackett durchsucht, ist die Karte nicht da. Vielleicht war sie heruntergefallen, als er bewusstlos nach Hause gebracht wurde … Aber eine Chance gibt es noch!

Er ruft die Zentrale des römischen Polizeipräsidiums an. Rizzi kennt Carlas Adresse bestimmt, sie waren jahrelang ein Paar!

«Dottor Assante hier. Ich möchte den stellvertretenden Kommissar Paolo Rizzi sprechen.»

«Bitte warten Sie.»

Eine geraume Zeit vergeht, Mauro zittert vor Ungeduld.

«Würden Sie bitte Namen und Vornamen der gewünschten Person wiederholen?»

Wo haben die denn ihren Kopf, oder sind die vielleicht taub?

«Rizzi. Paolo Rizzi. Stellvertretender Kommissar.»

Der Mann in der Zentrale sinkt wieder in die Stille zurück. Nach einigen Minuten meldet er sich erneut.

«Wissen Sie, ob er fest hier arbeitet oder nur vorübergehend?»

«Mann, er arbeitet garantiert bei Ihnen, verdammt noch mal!»

«Beruhigen Sie sich, und warten Sie.»

Schließlich schaltet sich eine andere Stimme ein und beendet die Sache.

«Es tut uns leid, aber im Polizeipräsidium von Rom arbeitet kein Paolo Rizzi.»

Was soll dieser Schwachsinn? Wie ist das möglich, wo Rizzi ihm doch sogar einen als Taxifahrer getarnten Polizisten geschickt hat? Die einzige logische Antwort ist, dass Rizzi als verdeckter Ermittler in geheimer Mission unterwegs war.

Er spürt, dass er kurz davor ist durchzudrehen.

Wenn er nichts von Carla hört, wird er verrückt.

Es bleibt nur ein Ausweg. Er muss trotz aller Gefahren und Konsequenzen aus seiner Isolation ausbrechen.

«Rutscht mir doch alle den Buckel runter!»

Er schaut auf die Uhr: halb fünf. Er bindet sich seine Krawatte um, bestellt ein Taxi und hastet die Treppe hinunter. Zwanzig Minuten später ist er in der Via De Concini.

«Könnten Sie auf mich warten?»

«Wenn Sie ...»

«Ich gebe Ihnen, was Sie verlangen.»

«Na, meinetwegen.»

Wie heißt doch Carlas Freundin gleich mit Nachnamen? Seine Nervosität ist so groß, dass es ihm nicht mehr einfällt. Ach so, ja, Liberti. Er drückt auf die Klingel an der Sprechanlage. Keine Antwort. Er versucht es erneut, klingelt länger. Nichts. Carla ist nicht da, und er weiß nicht, wo er sie finden kann, bestimmt ist sie im Krankenhaus! Nein, er rührt sich nicht weg von dieser Tür, bevor … Moment mal. Er könnte Signora Caserta um die Telefonnummer der Liberti bitten. Er klingelt.

«Wer ist da?»

«Signora, ich bin's, Assante, wir haben uns gestern Abend kennengelernt. Sie waren so freundlich, mir die Tür aufzuhalten … Erinnern Sie sich?»

«Ach ja! Was gibt's?»

«Könnte ich fünf Minuten Ihrer Zeit in Anspruch nehmen?»

«Kommen Sie rauf.»

Signora Caserta bietet ihm einen Platz in einem muffig riechenden Wohnzimmer an. Sie erweist sich als gastfreundlich, ist aber vor allem froh, dass sie jemanden zum Reden und vielleicht sogar zum Tratschen gefunden hat. Mauro kommt sofort zum Punkt, er hat keine Sekunde zu verlieren.

«Haben Sie etwas von Carla gehört, Signora?»

«Von der Liberti, meinen Sie? Was soll die Frage? Waren Sie denn gestern Abend nicht bei ihr?»

Die Signora erliegt einem Missverständnis, das Mauro aufklären möchte.

«Entschuldigen Sie, ich muss da was klarstellen. Signora Liberti ist schon seit einer Weile nicht in Rom und hat die Schlüssel ihrer Wohnung und ihres Autos ihrer Freundin Carla gegeben, deren Namen allerdings …»

«Was erzählen Sie denn da?», unterbricht ihn die Signora. «Die junge Frau, der ich die Wohnung für zwei Wochen vermietet habe, hat mir gesagt, sie heiße Carla Liberti. Sie bestand sogar auf einem Namensschild an der Klingelanlage!»

Mauro ist sich sicher, nicht richtig gehört zu haben.

«Für wie lange hat Carla die Wohnung gemietet?»

«Das habe ich Ihnen doch gerade gesagt, nur für zwei Wochen. Den Vertrag hat aber ihr Cousin unterschrieben.»

Mauro ist verwirrt, benommen. Warum hat Carla sich Liberti genannt? Warum hat sie behauptet, die Wohnung gehöre ihrer Freundin? Warum hat sie sie nur für zwei Wochen gemietet? Wo kommt dieser Cousin auf einmal her? In seinem Kopf dreht sich alles.

«Natürlich haben sie trotzdem bezahlt», sagt die Signora.

Wovon redet sie da? Was meint sie?

«Was soll das heißen: trotzdem?»

Signora Caserta sieht ihn erstaunt an. Entweder ist der Mann schwer von Begriff, oder es geht ihm nicht gut.

«Dass sie sie zehn Tage genutzt, aber für volle zwei Wochen bezahlt haben, wie es vertraglich vereinbart war.»

Mauro ist so steif und angespannt, dass die Worte der Signora kaum zu ihm vordringen. Und wenn sie ihn erreichen, hat er Mühe, sie zu verstehen.

«Also … Carla …» Er bringt den Satz nicht zu Ende.

«Ja. Sie wohnt nicht mehr hier.»

Sie wohnt nicht mehr hier. Abgereist. Verschwunden. Ohne ihm Bescheid zu sagen. Ein kurzer Anruf, nur eine Zeile, nichts. Verschwunden, ohne eine Spur zu hinterlassen. Oder ohne eine hinterlassen zu wollen? Dann hieße das geeignete Wort: weggelaufen. Vor ihm. Aber warum? Warum nur?

«Allerdings habe ich sie nicht weggehen sehen», ergänzt die Signora.

«Aber woher wissen Sie dann, dass …»

«Weil heute Morgen um acht ihr Cousin bei mir war, um mir zu sagen, dass die Wohnung wieder frei ist, weil sie schon erledigt haben, was zu erledigen war.»

«Moment. Könnten Sie bitte wiederholen, was Sie gerade gesagt haben?»

«Heute Morgen hat mir ihr Cousin mitgeteilt, dass die Wohnung wieder frei ist, weil sie schon erledigt haben, was zu erledigen war», wiederholt sie leicht gereizt.

Sie haben schon erledigt, was zu erledigen war. Sie.

Aber wer – sie? Er kann die Frage nicht zu Ende denken, weil eine Art heftiger Windstoß seine Angst und seine Unruhe, seine Zweifel und seine Bedenken, sein Erstaunen und seine Aufregung wegfegt.

Jetzt weiß Mauro Bescheid.

Und jetzt, da er Bescheid weiß, wird er wieder völlig ruhig und klar im Kopf.

Schmerz, Ekel und Verachtung werden später kommen – wenn sie kommen.

Unterdessen hat Signora Caserta ihren Monolog fortgesetzt. «… Ich bin mit ihm runtergegangen, um nachzusehen, ob alles in Ordnung ist. Wissen Sie, manche Leute hinterlassen die Wohnung wie einen Saustall, sie beschmieren die Wände, machen die Lampen kaputt … Es war alles an seinem Platz, doch sie hatten drei Gläser und einen Teller zerbrochen. Außerdem gab es auf dem Sofa einen hässlichen Brandfleck von einer Zigarette. Wir haben uns geeinigt, er hat seine Brieftasche gezückt und den Schaden bezahlt.» Sie macht eine kurze Pause und fährt dann fort: «Wissen Sie, was? Als er seine Brieftasche hervorzog, fiel ihm sein Ausweis runter, doch er hat es nicht gemerkt und ich auch nicht. Ich habe ihn später gefunden, als ich noch einmal unten war. Jetzt liegt er hier, und ich habe morgen die Schererei, ihn ihm zurückzuschicken.»

Mauro ergreift die Gelegenheit beim Schopf. «Wenn Sie möchten, kann ich das erledigen.»

«Oh, danke! Sie würden mir einen großen Gefallen tun!»

Sie geht weg und kommt mit einem abgewetzten Personalausweis zurück. Mauro steckt ihn ein, ohne ihn sich anzusehen.

Er ahnt bereits, wem er gehört. Er steht auf und bedankt sich in aller Form bei Signora Caserta.

Später, im Taxi, das ihn nach Hause bringt, entschließt er sich, doch nachzusehen, ohne jede Neugier, nur so zur Kontrolle.

MARIO DOMINICI – VIA CASSANDRO 27 – ROM.

Zwei geschlagene Stunden saß er praktisch reglos in seinem Arbeitszimmer im Sessel. Es klingelte an der Tür, doch er machte nicht auf. Auch das Telefon klingelte, doch er ging nicht ran. In dieser ganzen Zeit hielt er jedes Gefühl von sich fern, er war eine reine Denkmaschine.

Mit Abstand hat er die ganze Geschichte noch einmal Revue passieren lassen, so als hätte nicht er sie erlebt, einzig mit dem Ziel einer sachlichen, vollständigen Zusammenfassung der Fakten, die alle Fragen beantwortet und nicht einen Punkt im Unklaren lässt.

Im Wesentlichen ging es um die Bildung einer kleinen Eingreiftruppe, die imstande war, in nur wenigen Tagen einen Mann zu vernichten – allerdings nicht physisch. Was ist das für ein Mann? Man holt alle nur möglichen Informationen über ihn ein. Doch Carla, der jungen Leiterin dieser ganzen Operation, genügen sie nicht, ihr liegt ausdrücklich daran, diesen Mann persönlich kennenzulernen, ein Blick, und sie weiß, wie sie ihn einzuschätzen hat. Darum erfindet sie die Geschichte mit der Escort-Dame, die sich in der Adresse geirrt hat. Carlas Einschätzung ist perfekt: Dieser Mann liebt seine Frau und seinen Sohn, er hat keine Laster und keine Schwächen, auch keine Liebschaften. Er neigt nicht zu Freundschaften. Er ist ein vorbildlicher Angestellter, ordentlich und korrekt. Unvorhergesehene und unerklärliche Dinge stoßen ihn ab, weil er vor allem auf Vernunft setzt. Unter Menschen fühlt er sich unwohl, er ist ein wenig «tolpatschig». Diese Charakterisierung bringt Carla dazu, einen Plan auszuhecken, der das Vertrauen dieses Mannes in die Vernunft auf eine harte Probe stellt. Dazu bedient sie sich dreier Helfer. Der Plan sieht eine zweite, zufällige Begegnung zwischen

Carla und dem Mann vor. Dieses zweite Treffen ist der heikelste Punkt im ganzen Spiel. Denn Carla muss unbedingt die Freundschaft dieses Mannes gewinnen und hofft darauf, sie dann in blindes Vertrauen verwandeln zu können. Sollte das funktionieren, würde Carla nicht nur die nächsten Schritte dieses Mannes im voraus kennen, sondern könnte vor allem auch rechtzeitig eingreifen, sie beeinflussen und lenken.

Carlas Plan geht hundertprozentig auf. So dass sie sich sogar den Luxus leisten kann, einige scheinbar unlogische Spielchen ihrer Helfer zu entlarven, als hätte sie sie durchschaut.

Der Rest ist bekannt.

Oder besser: fast völlig bekannt.

Es fehlt noch das Finale.

Wie der sogenannte Dominici ausdrücklich erklärte, haben sie die Wohnung in der Via De Concini aufgegeben, weil sie schon erledigt haben, was zu erledigen war. Mit anderen Worten, sie betrachteten ihre Aufgabe als erfüllt.

Allerdings ist der Mann, der zerstört werden soll, zwar mitgenommen, am Ende seiner Widerstandskraft, erschöpft, weidwund, alles, was man nur will, aber vernichtet ist noch nicht. Das bedeutet ganz einfach, dass der tödliche Pfeil zwar abgeschossen wurde, sein Ziel aber noch nicht erreicht hat.

Nichts wird ihn mehr aufhalten können.

Das Losschrillen des Telefons erschreckt ihn wie eine Maschinengewehrsalve.

Er antwortet nur, damit es aufhört.

«Hallo, Mauro?»

«Wer ist denn da?»

«Marasco. Erkennst du meine Stimme denn nicht? Sind das die Auswirkungen deines Hausarrests?»

«Nein, ich war nur so in den Bericht vertieft und ...»

«Hat dich heute jemand aus dem Büro angerufen?»

«Nein, niemand.»

«Ganz sicher nicht?»

Mauro verliert die Geduld. «Niemand heißt für mich niemand. Warum hätten sie mich denn anrufen sollen?»

«Hätten sie ja gar nicht … ich dachte nur, sie haben es vielleicht getan.»

«Und warum?»

«Keine Ahnung. Hier ist so gegen sechs ein ziemlicher Tumult losgebrochen. Ein großes Getuschel unter den Chefs, vertagte Sitzungen, verschobene Termine … Dann haben sie eine Versammlung anberaumt und diskutieren nun schon seit drei Stunden. Es passiert mir zum allerersten Mal, dass ich überhaupt nichts in Erfahrung bringen kann. Tja, na dann, mach's gut.»

Mauro tigert durch die ganze Wohnung und macht in allen Räumen Licht, um sich nicht so allein zu fühlen. Du lieber Gott, wie verzweifelt er sich nach Muttina sehnt! Er geht ins Schlafzimmer und öffnet den Schrank. Muttina hat kaum etwas dagelassen, sie ist mit riesigen Koffern losgefahren. Er schließt die Schranktür wieder und geht ins Bad. Dort findet er einen alten Bademantel von ihr. Er vergräbt sein Gesicht darin und atmet tief ein. Ja, da ist undeutlich noch der Geruch ihrer Haut. Er nimmt den Bademantel mit und legt ihn auf sein Bett.

Das Telefon klingelt, er hastet hin, um den Hörer abzunehmen.

«Hier Biraghi.»

«Guten Abend, Dottore. Was gibt's?»

«Morgen früh um halb acht kommen Cosentino und ich zu Ihnen nach Hause. Wir wünschen, dass niemand sonst anwesend ist und dass auch Ihre Frau nichts von unserem Besuch erfährt. Ist das klar?»

Und er legt grußlos auf.

Siebzehn

Der Todespfeil hat sein Ziel offenbar erreicht.

Die Chefs haben lange diskutiert, am Ende eine unwiderrufliche Entscheidung getroffen und Cosentino und Biraghi losgeschickt, um sie ihm mitzuteilen. Er bleibt ruhig und klar, sein Schicksal ist längst besiegelt, jedes Aufbegehren wäre töricht und zwecklos. Er ist nur neugierig, was für ein Gift sich wohl an der Spitze des Pfeils befindet. Carla ist viel zu gerissen, um ihn mit banalen Geschichten wie Korruption, Schmiergeld, teuren Geschenken oder Luxusferien zu kompromittieren. Nein, sie wird sich etwas Besonderes ausgedacht haben. Etwas Grausames.

Sein Körper meldet trotz allem den Wunsch nach Nahrung an. Nicht zu Unrecht, die Erinnerung an das Süppchen und die Birne vom Mittag ist längst verblasst. Und gewährt man zum Tode Verurteilten nicht eine üppige Henkersmahlzeit?

Er beschließt, außer Haus zu essen und das von Zinaida bereitete Abendbrot im Kühlschrank zu lassen.

Er zieht sich sein Jackett an, bindet sich die Krawatte um und begibt sich ins nahe gelegene Restaurant. Der Wind vom Meer hat die Luft abgekühlt, der Spaziergang ist eine Wonne. Er gönnt sich ein Menü aus noch nie probierten Speisen. Antipasti misti («Wenn ich die esse, vergeht mir der Appetit»), Spaghetti alla puttanesca und geschmorter Ochsenschwanz. Der Kellner, der ihn seit Jahren bedient, wirft ihm von Zeit zu Zeit einen irritierten Blick zu. Mauro spült mit einer halben Flasche kräftigen Roten nach.

Als er das Restaurant verlässt, will er sich unbedingt die Beine vertreten. Er ist heillos übersättigt.

Er wandert eine Stunde lang, sein Kopf ist merkwürdig leer. Auf dem Rückweg gerät auf seiner Höhe ein Moped bei voller Geschwindigkeit ins Schleudern, schlägt auf den Asphalt, rutscht auf den Gehweg und streift mit dem Lenker Mauros Bein. Der Fahrer, der inzwischen seinen Helm abgenommen hat und aufgestanden ist, kommt herbei, um es aufzuheben.

«Ist das vielleicht eine Art zu fahren?», schnauzt Mauro ihn an, als der Fahrer an ihm vorbeigeht.

Dieser bleibt stehen, kommt dann näher, wirft ihm einen drohenden Blick zu und knurrt: «Was willst du denn, du Armleuchter?»

Die Antwort folgt ebenso prompt wie unerwartet, sowohl für den, der sie gibt, als auch für den, der sie erhält.

Mit voller Wucht landet Mauros Faust im Gesicht des Mannes.

Der taumelt zurück, die Hände auf dem Gesicht. Blut schießt ihm aus der Nase.

Mauro rückt vor und verpasst ihm noch einen kräftigen Tritt in den Unterleib.

Der Mann klappt zusammen und fällt keuchend zu Boden. Mauro geht langsam weg. Für ihn ist das eine neue Erfahrung. Schon als kleiner Junge hatte er nie Lust, sich mit seinen Schulkameraden zu prügeln. Jetzt spürt er eine seltsame Befriedigung. Muttina fällt ihm ein. Vielleicht ist der Bär ja nie gezähmt worden, und seine Instinkte erwachen nun zu neuem Leben.

In dieser Nacht muss er sich erholen, nur keinen Halbschlaf, der irgendwelchen Gedanken und Gefühlen Tür und Tor öffnet. Er nimmt ein heißes Bad, genehmigt sich einen Kräutertee, der das Einschlafen erleichtert, und schluckt zwei Schlaftabletten. Mit Muttinas Bademantel in den Armen legt er sich ins Bett. Er hofft, dass die Wärme seines Körpers ihren Geruch freisetzt. Den Wecker stellt er auf sechs Uhr.

Als er am nächsten Morgen die Augen aufschlägt, fühlt er sich entspannt und klar im Kopf. Alles hat funktioniert, wie er es erhoffte. Er ist weder beunruhigt noch ängstlich, was den bevorstehenden Besuch von Cosentino und Biraghi angeht.

Welche pünktlich auf die Minute erscheinen. Mauro bittet sie in sein Arbeitszimmer. Biraghi hat einen Aktenkoffer bei sich.

Cosentino, der Ranghöhere, führt das Wort. «Dottor Assante, bedauerlicherweise kam es gestern Nachmittag zu einem unerwarteten, vor allem jedoch gravierenden und peinlichen Vorfall, der alles wieder in Frage gestellt hat.»

«Darf ich erfahren, was passiert ist?», erkundigt sich Mauro.

Die beiden wechseln einen raschen Blick.

«Können Sie sich das denn nicht denken oder es zumindest ahnen?», fragt Biraghi.

«Kann ich nicht.»

«Dottor Biraghi», erklärt Cosentino, «hat einen Umschlag mit Fotos und zudem einen Zettel erhalten. Auf dem steht: ‹Wir haben auch den Film dazu. Treffen Sie eine Entscheidung, sonst tun wir es.› Eine miese Erpressung.»

«Mit der wir uns leider auseinandersetzen müssen», ergänzt Biraghi.

«Denn diese Fotos», erläutert Cosentino, «sind schon an sich eine endgültige Verurteilung.»

«Was ist denn drauf?», fragt Mauro.

«Also gut», antwortet Cosentino energisch. «Reden wir Tacheles. Sie werden sich nicht nur nicht mehr um die Banca Santamaria kümmern, sondern Sie sind seit gestern Abend auch aus unserem Institut entlassen, Sie gehören nicht mehr dazu. Wir sind alle der Ansicht, dass Sie aus gesundheitlichen Gründen kündigen sollten. Des Weiteren haben wir uns mit einem heiklen Problem befasst, das sich aus diesen Fotos ergibt. Sie dokumentieren ein Verbrechen, und es wäre unsere Pflicht, sie dem

Staatsanwalt zu übergeben. Aus zwei Gründen haben wir uns letztlich dagegen entschieden. Erstens wegen des Imageverlusts, den unser Institut durch eine solche Anzeige erleiden würde. Und zweitens – hören Sie gut zu –, weil wir zu der Auffassung gelangt sind, dass diese Fotos Sie, Dottor Assante, bei Handlungen zeigen, die Sie nicht aus freiem Willen ausgeübt haben, sondern unter dem Einfluss irgendwelcher Drogen, die man Ihnen ohne Ihr Wissen eingeflößt hat.»

Mauro sagt keinen Mucks. Cosentino hat ihm gerade ein fehlendes Mosaiksteinchen geliefert. Von wegen Lebensmittelvergiftung! Carla hat ihn unter Drogen gesetzt, so dass er seine Willenskraft und seine Reaktionsfähigkeit einbüßte. Sie wollte über einen willenlosen Hampelmann verfügen, und den hat sie bekommen.

Biraghi hat den Aktenkoffer geöffnet und einen Umschlag herausgenommen, den er nun auf den Schreibtisch legt. «Ich lasse Ihnen die Fotos da», sagt er.

Cosentino ergreift wieder das Wort. «Weiter im Klartext. Uns ist bewusst, dass wir selbst eine Straftat begehen, wenn wir diese Fotos nicht dem Staatsanwalt übergeben. Wir sind der Meinung, dass unsere Vorgehensweise einen Beweis Ihrer Dankbarkeit verdient. Anders ausgedrückt: Wir haben Ihnen das Gefängnis erspart, und Sie müssen zusammen mit Ihrer Kündigung auch eine Erklärung unterschreiben, aus der hervorgeht, dass Sie keinerlei Entschädigungsansprüche an unser Institut stellen werden.»

«Kein Problem», sagt Mauro.

Cosentino und Biraghi sehen sich erleichtert und erstaunt an. Eine solche Kaltschnäuzigkeit haben sie von Mauro bestimmt nicht erwartet.

«Dann können wir ja zum praktischen Teil übergehen», sagt Biraghi. Er öffnet den Aktenkoffer, entnimmt ihm ein Blatt Papier und reicht es Mauro.

«Das ist das Kündigungsschreiben, das wir vorbereitet haben. Lesen Sie es und unterschreiben Sie.»

Mauro unterschreibt, ohne es zu lesen.

«Das ist die Erklärung zum Verzicht auf Entschädigungsforderungen.»

Mauro unterschreibt, ohne sie zu lesen.

«Und das ist die Abfindung, die das Institut Ihnen zahlen müsste, erhöht um einen Leistungsbonus für die Jahre, in denen Sie für uns gearbeitet haben. Wenn Sie einverstanden sind, quittieren Sie hier die Annahme.»

Mauro sieht die Summe und staunt. So viel Großzügigkeit hat er nicht erwartet. Er unterschreibt.

«Ist es Ihnen recht, wenn der Betrag auf Ihr übliches Girokonto überwiesen wird?»

«Das ist mir sehr recht.»

Über dieses Konto verfügen sie beide, er und Muttina.

«Und nun», schaltet sich Cosentino ein, «seien Sie so nett und geben Sie uns alles Material über die Banca Santamaria, auch Ihren Bericht.»

«Aber ich wollte noch ungefähr sechs, sieben Seiten schreiben!»

«Egal, geben Sie ihn uns trotzdem.»

Mauro zieht die beiden Sticks aus den Computern und gibt sie ihnen.

«Haben Sie Marasco Bescheid gesagt?», fragt Cosentino Biraghi.

«Ja, noch gestern Abend.»

Also übernimmt Marasco meinen Posten, denkt Mauro. Vielleicht hat er ja nur darauf gewartet, dass sie mich rauswerfen.

«Tja, also dann … Wir wollen Sie nicht länger aufhalten», sagt Cosentino und steht auf.

Biraghi tut es ihm gleich. Die Höflichkeitsbezeigungen

dauern fünf Minuten. Dann kann Mauro endlich die Tür hinter ihnen schließen.

Er sitzt in seinem Arbeitszimmer. Er kann sich nicht entschließen, seine Hand auszustrecken, den Umschlag mit den Fotos zu nehmen und sie sich anzusehen. Er kann sich beim besten Willen nicht vorstellen, zu welcher Gemeinheit Carla ihn mit Hilfe der Drogen genötigt hat.

Schließlich gibt er klein bei. Er greift nach dem Umschlag und zieht das erste Foto heraus.

Er ist splitternackt. Ein dümmliches Grinsen sitzt ihm im Gesicht, sein Blick ist geistesabwesend. Hinter ihm sieht man einen Nachttisch und ein Stück vom Kopfende eines Bettes. Mauro erkennt die Möbel: Sie stehen in der Via De Concini. Neben ihm ist ein kleiner, lächelnder Junge mit orientalischen Gesichtszügen zu sehen, er dürfte keine zehn Jahre alt sein. Seine rechte Hand umschließt Mauros erigiertes Glied.

Lähmendes Entsetzen packt ihn, eine eiskalte Welle überwältigt seinen Körper.

So muss sich die Kälte des Todes anfühlen, oder vielleicht ist diese hier noch schlimmer, so unerträglich, dass alles an ihm erbebt, von den Zehen bis zu den Haarspitzen. Allmählich lässt sie nach, und Mauro kann wieder nachdenken und sich rühren. Er steckt das Foto in den Umschlag zurück, er hat genug gesehen. Mit dem Kuvert in der Hand steht er auf, geht in die Küche, zündet eine Gasflamme an, zieht die Fotos heraus, ohne sie anzusehen, verbrennt sie eins nach dem anderen und wirft die verkohlten Reste in den Ausguss. Zum Schluss dreht er den Wasserhahn auf und spült sie weg.

Währenddessen nur ein einziger Gedanke. Carla wollte ihn nicht nur ausschalten und zerstören, nein, sie wollte ihn der schlimmsten Schande aussetzen. Sie ist weit übers Ziel hinausgeschossen, hat ihren Teil hinzugefügt und so einer Angelegenheit eine persönliche Note gegeben, die nichts Persönliches hätte haben sollen. Wenn aber die Dinge so liegen, ist die Partie zwischen ihm und ihr noch nicht vorbei. Sein Zug steht noch aus. Doch was für einer? Er hatte genau den einen Moment Zeit, darüber nachzudenken, als sein Blick auf dieses entsetzliche Foto fiel, bevor ihn die Kälte übermannte. Diese Eiseskälte ist zwar wieder aus seinem Körper gewichen, hat jedoch alles in ihm und um ihn her erstarren lassen. Denkt er an Muttina oder an Stefano, spürt er keinerlei Rührung und auch nicht mehr das Bedürfnis, sie bei sich zu haben. Zwischen ihn und die beiden hat sich ein Eisblock geschoben.

Es klingelt, er geht zur Tür. Es ist Zinaida, die sich verspätet hat. Doch er will nicht, dass sie ihm jetzt ins Gehege kommt.

«Zinaida, ich brauche dich heute nicht.»

Die junge Frau wundert sich. «Aber Signore, wenigstens Bett machen …»

«Nein, Zinaida, dafür ist keine Zeit, gleich kommen ein paar Leute, mit denen ich lange reden muss …»

Zinaida geht widerwillig.

Mauro ist noch nicht wieder in seinem Arbeitszimmer, als es erneut klingelt. Diesmal ist es die Baronessa.

«Ich habe Sie ja seit einer Ewigkeit nicht mehr gesehen! Keine Ausreden: Heute Abend kommen Sie zum Essen zu uns.»

«Aber natürlich komme ich, Baronessa.»

Da sie nicht mit einer so plötzlichen Zusage gerechnet hat, bleibt sie skeptisch.

«Kann ich mich wirklich darauf verlassen?»

«Ich gebe Ihnen mein Wort.»

Was war das Wort eines ehrlosen Mannes schon wert?

«Dann mache ich Ihnen den Kartoffelauflauf, den Sie so gern essen.»

Sie geht zufrieden weg.

Von unerwarteten Zwischenfällen einmal abgesehen, dürfte

ihn nun niemand mehr stören. Er geht ins Arbeitszimmer und ruft Muttina an. Er schickt voraus, dass alles, was er ihr nun erzählt, absolut vertraulich sei, niemand dürfe davon erfahren. In Wahrheit lässt er einen Haufen Lügen vom Stapel, inzwischen ist er Experte. Er erklärt Muttina, die Ermittlungen, mit denen er beschäftigt sei, hätten internationale Ausmaße angenommen. Darum habe man sich im Institut, um die Inspektion wirklich streng geheim zu halten, auf seine vorübergehende, vorgetäuschte Entlassung geeinigt, die unter anderem eine dicke Abfindung einschließe. Er werde undercover in einem Wirtschaftsinstitut arbeiten, das seinen Sitz in London habe und für das er nun viel in Europa herumreisen müsse. Zwar würden sie sich eine Weile nicht sehen, doch sie könnten unbesorgt miteinander telefonieren. Er beruhigt Muttina, lässt sich Stefano geben, verabschiedet sich von ihm und geht nach dem Gespräch ins Schlafzimmer. Er nimmt einen Stuhl, rückt ihn vor den Schrank und steigt hinauf. Als er wieder herunterkommt, hat er einen verstaubten Schuhkarton in der Hand. Er stellt ihn aufs Bett und öffnet ihn.

Darin liegt, eingewickelt in einen öligen Lappen, eine Beretta 7.65 und eine Schachtel Munition. Er hat sie seit der Zeit seiner ersten Anstellung als Kassierer in einer Bank. Er weiß, wie man damit umgeht, denn um den Waffenschein zu bekommen, musste er einen Schießkurs absolvieren. Er überzeugt sich davon, dass die Pistole tadellos funktioniert, indem er das Magazin herausnimmt und den Schlitten mehrmals vor- und zurückgleiten lässt.

Dann sucht er sich einen mäßig großen Koffer und beginnt zu packen.

Als Letztes möchte er das Foto von Muttina und Stefano mitnehmen, doch er überlegt es sich anders. Besser, er hält sie möglichst weit weg von seinen Gedanken, von seinem Herzen, von seinem Leben.

Ihm bleibt in dieser Wohnung nichts mehr zu tun.

Er sucht im Internet nach einem Mittelklassehotel am Stadtrand und findet hinter dem EUR-Viertel eines nach seinem Geschmack. Er ruft an, bucht ein Zimmer und kündigt an, dass er spätestens in einer Stunde dort sein werde.

Er bestellt sich ein Taxi.

Er geht mit dem Koffer auf den Treppenabsatz hinaus.

Er verschließt die Tür mit vier Umdrehungen.

Er steigt ins Taxi und gibt die Adresse des Hotels an. Das Taxi fährt los.

Mauro spürt keinerlei Gemütsbewegung, nichts. Er ist ein einsamer Mann auf seinem Weg durch die Packeiswüste.

Von frühmorgens bis spät in die Nacht hinein ist in Rom ein Herr unterwegs. Er ist ein distinguierter Mann um die fünfzig, immer mit Krawatte, höflich und freundlich. Man sieht ihm seine Anständigkeit schon von weitem an. Er ist Handelsvertreter. Eine Zeitlang wohnte er in einem Hotel hinter dem EUR-Viertel.

Eines Tages traf er zufällig jemanden, der ihm einen alten Personalausweis aufbesserte. Und so nahm sich der Buchhalter Mario Dominici, auch er Handelsvertreter, ein Hotelzimmer im Zentrum von Rom, während sich von Dottor Mauro Assante jede Spur verlor. Mit einem Kleinwagen ist auch Buchhalter Dominici von frühmorgens bis spät in die Nacht hinein in der Stadt unterwegs.

Er ist sich sicher, dass er früher oder später eine wunderschöne, elegante junge Frau treffen wird. Sie heißt, vielleicht, Carla. Fest steht, dass Rom zu klein ist, um eine Schönheit wie ihre zu verbergen.

Buchhalter Dominici wird, sobald er sie vor sich hat, die Pistole ziehen und sie erschießen. Er hofft, dann noch genug Zeit zu haben, um den Personalausweis auf ihren Leichnam zu legen und dazu ein Päckchen in einer edlen Verpackung.

Das die junge Frau dieses Mal nicht wird ablehnen können.

Nachbemerkung

Diesen Roman habe ich von vorn bis hinten erfunden. Meine Erfindungen basieren jedoch auf realen Fakten, und das könnte manchen Leser argwöhnen lassen, dass meine Figuren und die Situationen, in die sie geraten, sich auf reale Personen und Tatsachen beziehen. Nichts ist unzutreffender und abwegiger. Mein Buch ist eine literarische Fiktion, und als solche soll es gelesen werden.

Zum Schluss möchte ich meinem Freund Franco für die wertvollen Erklärungen danken, mit denen er mich liebenswürdigerweise versorgt hat.

a. c.